사랑을
그리다

사랑을 그리다

하창수 장편소설

청색종이

어릴 때부터 그림 그리기를 좋아해서 화가의 꿈을 가졌었다. 1994년에 장편 『허무총(虛無塚)』을 펴내고 4년 뒤 여기에 원고지 2천 매가량의 이야기를 보강해 네 권으로 『그들의 나라』를 출간했을 때는 화가의 꿈을 이룬 것만큼이나 기꺼웠다. 그 소설들에 나오는 화가들 한 사람 한 사람은 내 분신과도 같았다. 그렇게 20년이 훨씬 지난 어느 날, 여전히 내 안에 화가의 꿈이 스러지지 않고 있다는 사실을 발견했다. 『사랑을 그리다』는 그렇게 시작되었고, 2년을 꼬박 앓았다. 그림만이 아니라 '사랑'까지 앓느라 유난히 힘들었다. 소설 속에 이런 시가 나온다. "들판의 풀은 다 태울 수 없으니(野草燒不盡), 봄바람이 불면 다시 살아나리라(春風吹又生)." 모두 태울 수 없으니 바람이 일면 다시 살아나는 것은 풀만이 아니다. 꿈도, 사랑도, 그렇다. '그림'과 '사랑'을 앓으며 보낸 시간들이 꿈처럼 아련하다.

2021년 여름이 오는 소양강변 부설재(不設齋)에서

일러두기

(1) 소설에 나오는 인물과 지명, 장소, 사건 등은 모두 작가의 창작에 의한 허구이다. 다만, 간혹 등장하는 실재한 인물이나 서책, 사건 등은 흥미를 더하기 위해 이름만 빌려왔을 뿐이며 사실의 부합과는 무관하다. (2) 흔히 쓰지 않는 말이거나 전문적인 용어에는 각주를 달았다. 가독성에 방해되지 않도록 최소한의 내용만 담았으니 자세한 것을 알고 싶다면 따로 찾아보기를 바란다. (3) 한글전용을 따랐으나 뜻을 전달하는 데 혼동을 일으키거나 어려움이 있는 단어, 의미 전달을 강조할 필요가 있는 단어에는 한자를 병기했다. (4) 본문에 나오는 한시는 대부분 작가가 창작한 것이다. 실재하는 것은 본문이나 각주를 통해 쓴 사람을 밝혔다. 시를 옮길 때는 한문으로 된 것에 한글을 병기하고 아래에 우리말로 번역했다.

사랑을 그리다

하창수 장편소설

제1장

나비, 둘

손길

곡우(穀雨)가 지나고 이레쯤 되었나.

크고 작은 나무들로 빼곡한 녹우재(綠雨齋), 봄기운을 가득 머금은 바람이 불 때마다 참새 주둥이 같은 연둣빛 새잎들이 떨듯 흔들린다.

"치마 밖으로 버선코만 살짝 나오게 해봐."

상투를 틀었으나 얼굴에 아직 어린 티가 다 가시지 않은 젊은 남자가 버드나무를 태워 만든 유탄(柳炭)으로 다섯 걸음쯤 앞에 앉은 댕기 머리 처녀를 연습지에 그리기 시작했다.

"그래, 그렇지…… 까닥거리지 말고!"

속사(速寫)의 손놀림이 빠르기도 했거니와 아무렇게나 쓱쓱 긋는 듯해도 종이 안에는 부드럽고 날렵한 선들이 어울려 하나씩의 여인이 생겨났다.

보리가 익는 맥량(麥凉)의 따듯하면서도 서늘한 바람이 두 사람 사이를 지날 때마다 화선지와 처녀의 연홍색 치마가 팔락팔락 흔들렸다. 젊은 남자가 연습지 하나씩을 채우는 데 걸리는 시간은 얼마 되지 않았다. 그런 식이라면 수북이 쌓인 종이 더미를 다 쓴다 해도 길어 봐야 한두 식경이면 족할 것 같았다.

댕기머리 처자는 자신이 하는 일에 익숙한 듯 젊은 남자가 앉으라는 대로 앉고 지으라는 대로 표정을 바꾸었다. 고분고분 따를 뿐 아니라 어떤 때에는 시키지 않는데도 그럴듯이 표정이나 자세를 바꾸었다. 그런 까닭일까, 얼굴은 아무리 많이 봐도 열여덟이 고작인데 기품이나 자태에서는 고혹한 미가 흘렀다. 두 팔을 등 뒤로 뻗어 바닥을 짚고 허리를 쭉 펴 저고리 앞섶이 살짝 올라가 새하얀 살이 보일 듯 말 듯할 때는 홍제동 기녀들의 노숙한 자태에 모자라지 않았다. 그럴 때 청년의 손끝이 가늘게 떨렸다는 걸 왠지 처자도 이미 아는 듯했다.

은밀한 설정

쌓아놓은 연습지가 반쯤 비워졌을 무렵.

젊은 남자가 자신이 그려놓은 그림들을 하나씩 넘겨보고

는 말없이 여자를 응시했다. 한참이나 바라보던 청년은 몸을 일으켜 세우더니 무릎걸음으로 바짝 그녀에게 다가갔다. 빤히 쳐다보는 처자의 눈에 의문이 가득하다.

"여길 한 번 잡아봐."

청년이 처자에게로 손을 쑥 내밀며 한 말이다.

"손목을?"

"응. 여기를 살그머니."

"이렇게……?"

처녀의 희고 가녀린 손이 먹물과 유탄 그을음이 묻은 청년의 토시 아래쪽을 가볍게 잡고는 응답을 기다리듯 눈을 크게 뜨고는 그를 보았다. 총명한 눈이다. 청년이 고개를 몇 번 주억거리더니 이번엔 토시를 끼지 않은 왼편 손을 내밀고는 "여기," 하고 말했다. 처녀는 옥색 도포 아래로 빠져나온, 푸른 힘줄이 굵게 돋은 청년의 손목을 가볍게 쥐었다. 그러자 청년이 다시 주문을 했다.

"날 한번 보거라. 애타는 눈빛으로."

청년의 말에 처녀가 쿡, 하고 웃다가 이내 웃음을 거두었다. 청년은 정색한 얼굴로 또박또박 읊었다.

"자, 내일이면 넌 혼례를 올릴 몸이다."

"망측도 해라."

처녀의 말에 개의치 않고 청년은 또박또박, 몹시도 진지했다.

"네가 사모하는 건 난데, 오늘이 지나면 다시는 만날 수가 없다. 여사여사하여, 해거름에 내가 보낸 연락을 받게 된다."

"내가? 오라버니가 쓴 편지를?"

"맥 끊지 말고 가만히 들어. 오라버니가 아니라 정인(情人)이 보낸 거야."

"정인……이라. 내 마음이 간 사람은 그 사람인데 혼례를 치르는 건 다른 남정네……헌데 편지엔 뭐라고 쓰여 있을까. 잘 사시오, 나란 사람 그만 잊고 잘 사시오, 그런 거?"

청년의 고개가 갸웃, 움직였다. 자신의 생각과 방금 한 처녀의 말을 견주어보는 듯했다.

"맥락은 그렇다만, 편지엔 사람들의 눈을 피해 은밀히 만나자는 게 적혀 있어."

"그래서 만났겠지?"

청년이 고개를 위아래로 끄덕였다.

"만났지. 만났는데, 이제 무슨 말을 하게 될까?"

"글쎄……말이나 할 수 있을까?"

"그래, 무슨 말을 할 수 있겠니. 마음이 찢어지는 건 너도, 남자도 마찬가지. 그런데 남자는 결심이 서 있어."

"무슨 결심?" 하고 처녀의 눈이 먼저 물었다.

"미련을 끊고 떠나려는 결심."

"미련을 끊고……?"

그 순간 처녀의 표정이 돌연히 변했다. 왠지 모를 노기가 얹히는가 싶더니 하얀 얼굴에 푸른 기운이 돌았다. 그녀의 눈은 붉게 물들고, 물기가 흥건히 고였다. 어느새 처녀는 청년이 만들어 놓은 상황에 흠뻑 젖어들었다. 그 모양을 본 젊은 남자는 침을 한번 힘껏 삼켰다. 그리곤 가만히 입을 열었다.

"떠나려는 그 남자를 네가 잡는 거다. 이렇게."

손목을 잡다

처녀는 아무 말도 하지 못했다. 그녀의 얼굴은 정말 하루가 지나면 영영 만날 수 없는 사람을 마지막으로 해후한 여인의 그것이 되어 있었다. 청년의 손목을 잡은 처녀의 손이 가볍게 떨렸다.

청년은 자신의 손목을 잡고 있는 여자의 손을 면밀히 살폈다. 소매 끝을 빠져나온 그녀의 희고 가는 손의 푸른 힘줄이 물속의 수초처럼 일렁거렸다. 가볍게 쥔 듯했지만, 빼내기 쉽지 않은 아귀의 힘을 느끼며 청년은 잡힌 손의 방향을 살짝 비틀어 처녀의 손목 아래쪽을 마주 잡았다. 따스한 온기가 손바닥 전체로 전해져왔다. 처녀의 손목에 닿은 손가락 끝으로 파닥거리며 뛰어오르는 맥박이 느껴졌다.

"상희야……."

뭔가를 말하려고 처녀의 이름을 부르던 순간, 젊은 남자는 온몸의 피톨들이 펄떡이는 것을 느꼈다. 순식간에 살갗이 달아올랐다. 청년은 어금니를 지그시 깨물었다. 가슴이 뛰고 다리에 힘이 풀려나갔다. 허리가 묵직해지며 요의를 느꼈다.

"이러고 있으니 상현 오라버니가 진짜 내 정인이라도 되는 것 같네."

처녀의 말에 청년의 코에서 픽, 하고 바람 새는 소리가 났다. 하지만 그것은 단순한 콧김이 아니라 가슴을 꽉 막고 있던 한숨이 비어져 나온 것이었다. 애써 빙긋이 웃는 젊은 남자의 낯에서 불그레한 기운이 순식간에 빠져나갔다. 둘 사이에 드리워져 있던 긴장도 풀어졌다.

"아서라. 나는 정례를 한 몸이다. 더구나, 천지간에 헤어나지 못할 게 근……."

청년의 말이 채 끝나기도 전에 이번엔 처녀의 입에서 헛바람이 샜다.

"얘기가 달라도 이렇게 다를 수가! 오라버니가 꼬드겨 내 입술을 훔쳐놓고는."

"경을 칠! 누가 들으면 참말인 줄 알겠다."

"참말이 아니면?"

고개를 바짝 들어 젊은 남자에게 닿을 듯 내민 처녀의 얼굴은 장난기 가득한 영락없는 열일곱의 그것이었다. 그 얼굴에서 조금 전의 기녀에 버금가는 요염한 자태를 찾는 건 엉터리없는 일이었다.

"참말이 아니면, 이라고 물었느냐."

"그래, 참말이 아니면 대체 뭐요?"

청년은 잠깐 생각하는 듯하더니 입을 뗐다.

"넌 어리다는 뜻을 모르는구나. 어리다는 건 어리석다는 것이고, 어리석은 나이에 한 입맞춤을 입술을 훔쳤다고 하면 그보다 더 어리석은 말이 어딨겠니?"

처녀의 입꼬리가 씰룩대는가 싶더니 야무진 주먹이 청년의 옆구리로 날아들었다. 예상치 못한 습격에 청년의 몸이 푹 접혔다. 그리곤 끙, 하는 소리를 내며 처녀의 치마 위로 머리가 떨어졌다. 녹우재 신록 위로 처녀의 웃음소리가 빠르게 솟아올랐다.

정(情)

뜨락을 밝은 빛으로 비추던 하늘에 한바탕 소나기라도 뿌릴 듯 두껍게 구름이 덮이고, 상현과 상희가 머무는 녹우재에도 깊게 그늘이 드리웠다. 어둑하게 그늘진 정자 위의 두 남녀는 마치 두 마리의 나비가 음울한 하늘이 무서워 꽃그늘에 꼼짝 않고 숨은 듯 보였다. 상희의 무릎에 누운 상현은 지그시 눈을 감고 있는데, 잠이 든 것 같지는 않았다.

"언니는 태기가 아예 없었다는 게 사실이요?"

상희가 사촌 오라비의 이마에 난 여드름을 짜내며 물었다.

"몇 번을 말해야 믿겠니…… 그 사람이 잘못 안 거라니까. 하기야 그 사람만이 아니지. 어머니도 믿고, 나도 그렇지 않다고 할 수 없었으니까."

상희의 코에서 뿜어 나온 숨결이 상현의 이마에 닿자, 상현은 손바닥으로 슬그머니 이마를 쓸었다. 겨울 막바지에 시작해 이른 봄까지 집안을 번쩍 들었다 놓은 아내의 임신 소동이 뇌리를 스쳐 갔다.

상현의 아내가 몇 번 밥상머리에서 헛구역질을 했고, 그걸 본 상현의 모친이 지레 임신이라 짐작하고는 의원에게 약첩을 주문한 게 시작이었다. 그때 상현은 속으로 뜨끔했었다. 나이 스물둘에 자식을 본다는 게 흉이 될 일은 아니었지만 왠지 청춘이 다 가버린 것 같은 황량함 같은 걸 느낀 때문이었다. 그런데 진맥을 하고 난 의원이 웬일인지 고개를 갸웃갸웃하더니 한 제에 반도 안 되는 고작 다섯 첩의 약제와 한 움큼의 환약을 주었고, 그걸 다 먹고 난 상현의 아내 해주 윤씨는 다시는 헛구역질을 하지 않았다. 결국 그것으로 끝이었다. 임신이 아니라 위장에 탈이 나 음식을 제대로 소화해내지 못했던 것이다. 일찍 남편을 잃고 외아들로 상현을 키운 모친의 실망감과는 달리 상현은 도리어 안도의 한숨을 내쉬었다.

그 일이 있고 난 뒤 어쩐 일인지 상현은 아내 가까이 가는 게 꺼려졌다. 괜히 사이까지 멀어진 것 같은 느낌이 들기도 했다. 세 살이 연상인 아내가 열세 살은 더 먹은 것처럼 느껴지는 건 지나치다 싶었지만, 크게 과장스런 감정이라 할 수는 없었다. 공부를 핑계 삼아 읽을 서책도 많고 한갓지기도 한 숙부의 집을 찾는 게 잦아진 것 역시 그 후의 일이었다.

덕분에 어릴 적 친누이나 다름없이 지낸 상희와 어울리는 시간이 많아졌고, 녹우재는 그런 그에게 더없는 도피처이자 안식처였다.

"근데 상희야, 왜국에선 사촌지간에도 혼인을 할 수가 있다는데, 네 생각은 어떠니?"

"망측해라!"

"망측?"

"그러니 왜놈이란 소리를 듣지."

"이제 보니 네가 아주 고리타분한 아이구나."

"내가 고리타분한 게 아니라 오라버니가 큰일 낼 사람이 잖아."

"사촌이 혼인을 하는 게 망측할 게 뭐 있냐는 게 큰일 날 생각이라면 큰딸 작은딸 모두 임금에게 갖다 바치고는 종사에 어른 노릇을 하는 건 뭐라 말해야 할까?"

"아이고, 오라버니! 누가 듣겠소."

"들어? 하하하!"

청년은 누가 듣겠다는 상희의 말에 더 큰 소리로 "들으라고 그러지," 하고 외치고는 더 크게 웃어댔다. 그의 웃음소리는 누각을 한 바퀴 휘돌다 시립한 듯 빽빽이 늘어선 나무들 사이로 묻혀 들었다.

사방 가운데 서쪽만 트이고 남쪽과 북쪽에 동편까지 모두 아름드리나무로 가려져 숲 안으로 들어서지 않고서는 거기서 무슨 일이 벌어지는지를 도무지 알 수가 없는 녹우재는 상현과 상희, 사촌지간의 젊은 오누이가 은밀히 드나들기엔 안성맞춤인 곳이었다. '은밀히'라는 건 둘 사이에 무슨 큰일 날 정분이라도 나야만 쓸 수 있는 단어이긴 했으나, 둘에게 그런 큰일이 있었는지 없었는지는 나무에 깃들어 사는 접동새 무리가 아니고는 누구도 알 길이 없을 터.

긴 해 그림자를 드리운 봄날의 신록은 아무 일 없다는 듯 무장무장 깊어만 갔다.

제2장

화사(畵師)를 만나다

다방에 드니

한성 명례방(明禮坊) 사옹원(司饔院) 다방(茶房).

늦봄의 흐드러진 빛살이 번진 실내는 푸르스름한 연초 연기로 자옥하다. 들창으로 새어든 햇살 한 조각이 푸른 연기를 칼날처럼 베어내며 기둥에 붙은 널따란 채경에 되비쳐 다방 맨 안쪽 구석, 다탁 위에 턱을 괴고 앉은 수염 더북한 작달막한 사내의 이마빡으로 날아갔다. 날아든 햇살에 사내가 살짝 눈을 찡그렸다.

한 식경 남짓 똑같은 모양새로 때로는 졸고 때로는 사람들이 들고나는 출입문을 하릴없이 구경하고 있던 험상궂은 얼굴에 가득한 게으름은 영락없는 건달을 드러내지만 차려입은 모양을 보면 제법 녹을 받는 축으로도 보였다. 그렇다 해도 다듬지 않은 수염이나 새까맣게 때가 전 소매, 쉴 틈 없이 발을 까닥거리고 입술 안쪽으로 쩝쩝거리는 소리를 내며 이빨을 빨아대는 채신머리없는 행동은 녹을 받는 축이라도 아전 이상으로는 봐주기 힘들었다. 후줄근한 차림새는 홀아비 된 지 오래라고 아우성을 치는데, 다방 안의 기생들은 물론이고 드나드는 손님들까지 모두 가볍게나마 목례를 하는 게 기이했다. 그러고 보니 다방에서 제일 명당인 들창 안쪽 구석 자리를 차지하고 있다는 것도 뭔가 말을 했다.

게으름에 찌들었던 사내의 몸이 바늘에라도 찔린 듯 움찔거렸다. 연초를 빨아대며 대낮부터 기생들 치마 속을 헤집던 한 떼의 한량들이 약속이나 한 듯 일제히 빠져나간 출입문으로 잘 차려입은 두 남자가 들어섰을 때였다.

가볍고도 무거운 사람

다방 문을 열고 들어선 둘 중에 나이가 들어 보이는 남자가 구석 자리의 사내를 향해 과장스럽게 웃어 보이며 손을 흔들었다. 그리곤 구석 자리 사내에게로 성큼성큼 다가갔다.

박호민(朴護民), 갑오생, 서른네 살.

발걸음이 무척 가벼운 사람이다. 살아가는 행보 또한 바람처럼 날렵하다. 거침도 가림도 없다. 사람마다 두루 친하지만 함부로 대하는 법이 없다. 그런데 입은 한없이 무겁다.

술이 들어가면 이따금 그 무거운 입이 무게를 확 줄이긴 하지만, 그렇다고 크게 다르다고 할 건 없다. 그의 무거운 입은 그의 날렵한 행보와 적절하게 보조를 맞추는데, 참으로 절묘하다. 열여섯에 별시로 치른 문과 초시와 복시를 모두 통과했으나 성균관에 입학하진 않았다. 그 이유를 아는 사람이 드문 것은 순한 기품으로 감싸인 그의 내면에 무엇이 들어 있는지를 아는 사람이 드물다는 것과 같은 맥락이다. 물론 묵직한 입이 한몫을 했을 것이다. 다만 오래전 어느 사건 이후로 속내를 더더욱 꽉 걸어 잠갔다는 건 제법 알려진 일인데, 그때부터 그는 아예 바윗덩이나 철벽이 되어버렸다. 한어와 일어에 모두 능통해 동지사(冬至使)와 통신사(通信士)를 수행하고 중국과 일본을 수차례 다녀왔다. 그곳에서 사절이 올 때도 통역관으로 어김없이 불려가는 게 그였다. 그런 사람들이 흔히 드러내는 괜한 거들먹거림을 찾아보기 힘들다는 것도 속내를 알 수 없는 그의 면모 가운데 하나다.

박호민에게는 전설 같은 일화가 하나 붙어 다닌다.

몇 해 전 중국에 역관으로 갔을 때, 안남(安南)에서 온 사신과 만나 보름 가까이 필담으로 시문을 주고받은 적이 있었다. 안남의 사신이 본국으로 귀환을 한 뒤 박호민과 주고받았던 시문들을 정리해 책으로 엮어냈는데, 출판이 되기 무섭게 사람들에게 널리 읽히게 되었다고 한다. 재미난 건 안남의 사신보다 박호민의 시가 더 인기가 있었다는 풍문이었다. 그런데 이게 사실인지를 본인에게 확인할라치면 그의 입에서 나오는 대답은 한결같았다.

"제 눈으로 문집을 보지 못했으니, 열의 아홉은 괜한 창작
이지요."

예의바른 청년

"이거 너무 늦었네 그려. 용서하시게."

박호민의 활달한 목소리와 몸짓이 다탁 위에 박혀 있던
사내의 팔을 천천히 풀어냈다. 사내의 표정 없던 얼굴에도
굵직한 미소가 떠올랐다. 용서를 구하며 다가선 박호민의
인사에 응답하듯 사내는 의자에서 살짝 일어났다 앉았지만
워낙 키가 없어서인지 언제 섰다 앉았는지 알기가 힘들었
다. 박호민이 사내의 맞은편에 자리를 잡고 앉으며 곁에 선
젊은이의 허리께에다 손을 대고는 고개를 한 번 끄덕였다.

"여기 이 친구가 상현일세."

그리곤 젊은이를 치어다보며 말했다.

"처남, 인사하시게. 여기는……."

"노현 선생님이시죠? 처음 뵙겠습니다, 김상현이라고 합
니다."

젊은이는 두 손을 얌전히 모아 복부를 받치고는 고개를
반듯하게 꺾었다가 들었다. 한껏 예의를 갖춘 인사였다. 하
지만 맞은편의 사내는 이렇다 저렇다 응대가 없었다. 그저

26

상현의 얼굴만 빤히 올려다볼 뿐 표정조차 지어 보이지 않았다. 몰지각, 석 자가 얼굴 가득 쓰여 있었다. 그런 사내의 면상을 응시하며 김상현이란 젊은이가 말을 이었다.

"자형께서 선생님 말씀을 많이 들려주셨는데, 이렇게 뵙게 되어서 영광입니다."

그림도 물론 많이 보았습니다, 라는 말은 하려다 말았다. 그림 얘기를 처음부터 꺼내는 게 좋은 일이란 생각이 들지 않았던 것이다. 상대는 그냥 화가도 아니고, 장안에서 그림값을 제대로 받는 화사들 가운데서도 첫 손에 꼽히는 사람이다. 상현은 박호민의 옆자리에 엉덩이를 붙이며 낮게 헛기침을 하고는 오른손 엄지와 검지로 코끝을 꼬집듯 만졌다. 긴장했을 때 그가 하는, 자신도 알지 못하는 버릇이다.

북궁유

반듯하게 인사를 올린 것도 모자라 깍듯이 높임말까지 쓰는 젊은이의 태도에서 거짓 예의를 차리거나 상대를 시험해 보는 따위의 기미를 찾기 힘들다는 걸 느낀 사내는 구부정하게 두었던 허리를 펴는 것으로 그나마 예의는 표시했다. 그 정도에 예의라는 말을 붙인다는 게 우스운 일이었지만, 어쨌거나 노현이란 사람에게서 더 이상을 기대하는 것도 우스운 일이다.

좋게 말하면 자신감이고, 나쁘게 말하면 거만이 넘치는 사내의 이름은 정진모(鄭珍毛). 임진생(壬辰生)이니 서른둘, 박호민보다 두 살이 아래인데다 중인 신분임에도 존댓말을 쓰는 법이 없다. 이런 태도는 박호민에게만이 아니라 누구에게나 마찬가지인데, 존대를 써야 할 자리에 가게 되면 아예입을 다물었고, 그런 자리라면 처음부터 가지 않는 게 그의 삶법이다. 누군가 그를 〈맹자〉에 나오는, 남에게 지지 않는 성정에다 거지를 대하건 임금을 대하건 그 태도가 다르지 않았던 전국시대 사람 북궁유(北宮黝)에 비유한 적이 있을 정도였다. 선대의 사람들이 대대로 도화서(圖畵署) 화원을 지낼 정도로 그림에 재능을 타고났는데, 어릴 때부터 화원인 부친으로부터 그림을 배워 그도 당연히 화원이 되었으나 어느 해 화원 취재(取才=시험) 때 심사를 하던 중에 난동에 가까운 고집을 부린 이후로 도화서에 출근하지 않은 건물론, 도화서 인근 견평방(堅平坊)에서 대대로 살던 집을 처분하고 아예 명동(明洞) 남산 아랫동네로 옮겨가 살았다. 남산 안쪽에 별당을 가지고 있던 박호민과 알고 지내게 된 게그때부터였다.

묵직한 사람들의 수다

무표정하게 상현을 일별한 사내는 맞은편에 앉은 박호민

을 보며 입을 열었다.

"서암, 지난번 그 화첩 말이야."

사내가 칭한 서암(西岩)은 박호민에게 그가 직접 지어준 별호다. 얼핏 깊은 의미가 있는 듯 보이지만, 그렇지도 않다. 서암이란 그저 '서쪽에 사는 바위같이 덩치가 큰 남자'라는 것 외엔 별다른 뜻이 없었다. 박호민이 틈만 나면 드나드는 남산 안쪽의 기송당(忌松堂)이 사내가 사는 묵정동의 서쪽에 위치해 있어 '서(西)'이고, 오척 단구의 사내에게라면 어지간한 체구라도 바위처럼 느껴지지 않을 도리가 없으니 '암(岩)'이었을 뿐이다.

"그래, 화첩을 봤군. 어떻던가? 진기한 물건이지 않던가?"

박호민이 반색을 하며 사내 쪽으로 몸을 기울였다. 반색을 하는 것이나 수다스럽다 싶을 만큼 말을 주르르 뱉는 것이나, 모두 평소의 박호민과는 어울리지 않았다. 바윗덩이 같은 입, 얼음처럼 차가운 표정의 그가 이런 식의 흐드러진 모습을 보이는 건 화사 정진모와 옆자리에 얌전히 앉은 띠동갑 처남 김상현, 딱 두 사람뿐 - 지금 그 두 사람과 함께 있으니 무거운 입, 차가운 표정을 거론할 계제가 아니었다.

"진기한 건 분명 진기한데, 판화의 원판 자체가 워낙 거칠고, 찍기도 거칠게 찍었어. 찍혀 나온 선화(線畵)에 색깔을 입힌 솜씨도 많이 떨어지고. 아무래도 주문이 쇄도해서 날림으로 공사를 한 듯해."

사내의 말투 역시 박호민 앞에서는 마찬가지였다. 예의

따위는 아예 취급할 품목이 아닌 듯한 반말은 당연했고, 사내가 굳건하게 지켜내던 북궁유 식의 뻗댐도 박호민에게만은 거의 드러내지 않았다.

이미 매형으로부터 들은 바가 있어서이기도 했지만, 상현은 사내의 태도가 흥미로웠다. 수인사를 나누거나 앉으라는 치렛말조차 하지 않고 다짜고짜 자기 하고 싶은 말을 던져놓는 사내의 태도에 은근한 쟁투심이 아랫배에 고이는 것을 느끼던 상현은, 두 사람의 그 흐드러진 대화에 한동안은 가타부타 끼어들지 말자, 하고 다짐을 했다. 그런 다짐을 확언이라도 하듯 상현은 관자놀이에서 좌골까지 은근히 힘을 넣으며 사내의 얼굴에 눈길을 박고는 소리 없이 침을 삼켰다.

"……."

들은 대로 안하무인인데다 생김새 역시 투박하고 거칠었지만 어딘지 모르게 사내에게선 겉모습과는 많이 다른 뭔가가 느껴졌다. 그건 마치 스산한 바람에 낙엽이 쓸려가는 것 같은, 가슴 한켠을 서늘하게 비워내는 늦은 가을의 쓸쓸함을 닮아 있었다. 아랫배에 단단히 고이는 쟁투심과는 달리 사내를 향한 상현의 눈에 부드러운 미소가 어린 이유도 그 때문이었다. 그러고 보니, 박호민으로부터 단 한 번이라도 그의 인격이나 성품에 하자가 있다는 소리를 들어본 적이 없었다. 그의 안하무인은 인격이나 성품과 관련된 것이 아니라 단지 누구에게도 무릎을 꿇지 않는다는 의지의 표현일 뿐이라는 게 박호민의 해석이었는데, 당사자를 대하고 보니 그 해석이 틀리지 않았음을 알 것 같았다.

박호민과 정진모 – 화첩 얘기로 시작된 두 사람의 대화는 꽤 긴 시간이 흐른 뒤에도 여전히 그 화첩에서 떠나지 않았다. 간간이 일본 그림을 평하는 얘기들이 오갔지만 많지는 않았다. 그리 길지도 않았는데, 마치 짧은 말놀이를 하듯 토닥토닥 주고받았다.

"일본 건 과장스러워."

"과장스러우니까 상품이 되는 거지."

"음부만이 아니라 표정까지 과장스러우니 어떤 땐 우스워."

"지난번 통신사 따라 경도에 갔을 땐 확인까지 했다니까."

"확인? 무슨 확인?"

"그림에 나온 것처럼 정말로 그렇게 큰가, 아닌가."

"푸하하하, 결과는?"

"당연히 아니지. 요만한 걸 달랑달랑!"

박호민이 오른쪽 검지 두 마디를 내보이자 정진모가 죽으라고 웃어댔다.

"크흐흐, 서암이 달랑거리는 놈들 것만 봤나 보네."

상현은 고개를 가만히 숙인 채 웃음을 감추었다.

화첩

잠깐씩 얘기가 옆길로 샜다가 다시 돌아오면 거기엔 화첩이 있었다. 다방에 들어와 줄곧 한 얘기도 그 화첩이었다. 얘기는 그 화첩을 중심으로 맴돌았다. 그건 마치 얘기가 이어질수록 굵어지고 길어지는 나무와도 같았다. 그러다 곁가지를 모두 쳐낸 뒤 크고 굵은 기둥이 되어 버티었다.

상현은 그것이 남산 밑 박호민이 서재 용도로 쓰고 있던 기송당 반닫이 장롱 깊숙한 곳에 고이 숨겨져 있다는 것을 알고 있었다. 거기에는 '이취화첩(泥醉畫帖)'이라는 기묘한 이름이 붙어 있다. 화첩을 처음 보았을 때, 표지 서첨(書籤)에 행서로 써놓은 제목에 마음이 끌렸던 일이 새삼 떠올랐다.

진흙을 뜻하는 '이(泥)'는 뼈가 없고 물 밖으로 나오면 흐물흐물해진다는 남해에 사는 벌레를 뜻한다. 당나라의 취선가객 이태백은 「양양가(襄陽歌)」에서 술에 잔뜩 취한 사람을 그 벌레에 빗댄 적이 있었다.

傍人借問笑何事(방인차문소하사)
笑殺山公醉似泥(소쇄산공취사니)

지나던 사람이 "뭐가 우습소?"하고 물으니 답하기를,
"취해 이(泥)처럼 흐느적거리는 댁이 우스워 죽겠소."

이취화첩 — 제목을 그대로 옮기면 엉망으로 술에 취해 그린 것들을 화첩으로 묶었다는 얘기다. 혹은, 화첩 안의 그림들이 모두 만취한 사람들을 그렸다는 뜻도 된다. 하지만 화가가 취한 것은 술이 아니고, 그림 속에 담긴 사람들도 술에 취한 것이 아니다. 술에 취한 사람은 한 사람도 그려져 있지 않고, 또한 붓놀림이 너무도 정연하고 반듯해서 술에 취해 그렸다고 할 수가 없다. 그들을 취하게 만든 건 술과는 다른 거였다. 술에 취하는 것과 비슷하지만, 분명히 다른 뭔가에 취한 것이다.

화첩이 한 장씩 넘겨질 때마다 상현의 입은 굳게 다물어졌고 눈은 반대로 크게 뜨였다. 화첩 속의 그림들을 보는 순간 화가가 무엇에 취한 것인지, 그림 속의 사람들이 무엇에 취해 있는지를 단박에 알 수 있었다. 화첩 속의 그림들은 흔히 운우도(雲雨圖)니 건곤일회도(乾坤一會圖), 혹은 원앙비보(鴛鴦秘譜)니 하는 이름들로 불리는 남녀상열의 한바탕 흐벅진 합궁의 장면을 묘사한 그림, 즉 춘화도(春畵圖)였다. 그들이 취한 것은 열정적인 사랑이다.

상현은 그런 유의 그림을 난생처음 본 것은 아니었다. 남사당패의 굿거리 판에서 제법 크게 웃돈을 얹어 구한 것만도 서너 권은 되었다. 그런 정도의 그림이라면 천하의 한량인 매형이 굳이 서재의 반닫이 속에다 감춰놓고 있을 리가 없었다. 반닫이 깊숙한 곳에 넣어두었다는 건 말하자면 보물이라는 뜻이었다. 아무에게나 보여주지도 않고, 함부로 금액을 칠 수도 없는.

돌 같은 사람

"이거, 그 사람 그림이지요?"

"그 사람? 누구?"

"정 아무개라는, 도화서 화사 말입니다."

"제대로 봤네. 내가 그 사람 얘기를 했었나 보지?"

"하다마다요."

"이상하네. 그 사람 얘기는 잘 하질 않는데…… 워낙 센 사람이거든."

"세다니요?"

"괜히 가까이했다간 경을 칠 사람."

"경을 쳐요? 왜요? 그림 때문인가요?"

"당연히 그림 때문이지. 하지만 꼭 그림만은 아니야. 그 친구는 사람 자체가 화구(火口)와 같아. 불구덩이. 그 사람은 북궁유와 같은 친구라네."

"『맹자』의 북궁유 말입니까?"

"그 북궁유 말고 또 있던가?"

맹자가 호연지기를 말하며 거론한 인물들 가운데 하나인 북궁유는 날카로운 것으로 살을 찔러도 움찔하지 않았고, 눈을 찔러도 피하지 않았다. 하지만 남으로부터 조금만 모멸의 말을 들어도 많은 사람들이 보는 앞에서 매를 맞은 것으로 여겼다. 그래서 지위가 높든 낮든 자신에게 욕설을 뱉으면 그는 반드시 욕설로 되갚았다. 거지에게나 제후에게나

왕에게나 마찬가지였다.

"사실, 북궁유와 다른 면모가 하나 있긴 하지."

"정진모 그 사람에게요? 뭘까요?"

"내가 그 얘긴 안 해주었나 보군. 그럼 어디 맞혀보게나."

"그림?"

"그건 당연한 거고. 그것 말고 한 가지가 더 있다네."

"처자식에게만은 맥없이 지는 거?"

"천만에."

"때와 장소를 봐가면서 받아친다?"

"비슷한데 좀 다르지."

"음, 그렇다면 알만하네요. 절대 화를 내지 않는군요."

"역시 비슷하지만, 좀 달라."

"그러지 말고, 말해주세요."

어린 티를 여전히 갖고 있는 처남을 놀리듯 박호민은 입
꼬리를 비틀어 웃기만 하다가 불쑥 내뱉었다.

"차갑기가 돌과 같다네."

돌처럼 차가운 그의 성정은 노현(蘆玄) 외에 정진모가 즐겨
쓰는 석중(石中)이란 아호에 잘 드러난다며 "노현보다는 석
중이 그 사람한테는 더 잘 어울리지,"하고 덧붙였다. 『맹자』
에 나오는 북궁유가 지위고하를 막론하고 모욕을 받으면 반
드시 모욕으로 돌려주었다면, 정진모란 사람은 모욕 자체를
받지 않는다는 거였다. 말하자면, 누군가 그에게 모욕을 줄
수는 있지만 그가 그걸 받는 경우는 결코 없다는 뜻이었다.

"모욕을 줄 수는 있지만 받지는 않는다? 모욕을 인정하지 않는다는 말인가요?"

"그렇지. 그런 말이 있잖나. 모욕에 대한 가장 완벽한 복수는 모욕을 받지 않은 것처럼 행동하는 거라는. 하지만 그 사람은 모욕을 받지 않은 것처럼 행동하는 게 아니라, 모욕이란 걸 아예 수용하지를 않아."

"제 귀에는 이중적인 사람이란 얘기로 들리는데요?"

"흐흐, 그런가?"

짐짓 능치듯 웃음이 흐르는 박호민의 얼굴을 보면서 상현은 왠지 몸이 굳어지는 것 같았었다. 석중(石中) – 돌의 한가운데. 그런 사람을 대면한다면 어떨까, 싶었다.

범의 눈

박호민과 정진모가 화첩 하나를 두고 이런저런 얘기를 나누는 사이에 늦봄의 오후가 기울고 들창 밖엔 어느새 석양이 깔렸다. 진기한 화첩이긴 하지만 묘사가 거칠어서 가치는 그리 높지 않다는 것, 주문이 쇄도해서 공사를 날림으로 했다는 것 등은 얘기를 시작할 때 나왔었는데, 무슨 뜻인지 대충 짐작만 갈 뿐인 그 말이 몇 번 또 언급되는 것을 신기해하며 상현은 새삼스레 두 사람을 바라보았다.

시간이 갈수록 두 사람의 대화는 뜨거워졌다. 그들의 모습에서 세상사에 치어 사는 사람의 고달픔 따위는 눈을 씻고 봐도 찾을 수 없었다. 얘기에 몰두한 두 사람의 모습은 세상의 눈을 피해 굴 속으로 들어가 바둑을 두었다는 신선처럼 보이기도 했고, 서화로 가득 찬 연경(燕京)[1] 책방 거리[2] 어느 술집에 앉아 막 사들인 그림 한 점을 앞에 놓고 갑론을박에 열중한 호사가들로도 보였다. 상현은 시선을 들창 밖 저물어가는 봄날 어스름에 놓아둔 채로 너울처럼 높았다 낮아지고 낮아졌다가 높아지는 두 사람의 목소리에 막막히 귀를 기울였다.

그러던 어느 순간, 문득 이상한 느낌을 받았다.

두 사람이 주고받는 말들은, 특히 정진모가 하는 말들은 상현 자신에게 들려주는 거란 생각이 든 것이었다. 겉으로는 상현을 전혀 신경 쓰지 않는 듯했지만 실상은 자신을 의식하고 있음에 분명하다는 생각이 갑자기 굳어졌다. 정진모는 마치 얘기를 하나씩 끝낼 때마다 "그대는 어떻게 생각하는가?" 하고 묻는 듯했던 것이다. 그런 생각이 들자 상현은

---

1) 지금의 북경(北京:베이징). 춘추전국시대 연나라의 도읍이어서 연경이라 불리었는데, 전한 때 범양(范陽), 요나라 때 남경(南京), 금나라 때 중도(中都)로 바뀌었다가 원나라 때 연경이란 이름을 되찾은 뒤 명나라 때 북경으로 개명했다.

2) 유리창(琉璃廠). 북경 평화문 남쪽 거리로 오래된 책과 그림들을 취급하는 가게들이 즐비하다. 명나라 때 유리기와를 구운 공장이 많아 유리창이란 이름이 붙었는데, 조선의 사신들이 주로 책이나 그림을 구입하는 곳이었다.

두 사람의 얘기에 끼어들고 싶은 욕심이 불끈 솟았다. 정진
모의 입에서 곽방춘이라는 이름이 튀어나왔을 때 상현의 뇌
리에서 가장 강렬한 불꽃이 일었다.

그러나 참았다. 아직은 참을 때였다.

상현이 호시탐탐 끼어들 틈을 노리고 있을 때, 박호민이
기생을 불렀다. 당치마 밖으로 하얀 종아리를 내놓은 채 가
벼운 걸음으로 다가온 접객기생에게 그는 화주(火酒)를 주문
했다. "화주가 있나 모르겠네요," 하고 튕기는 기생을 정진
모가 슬쩍 째려보자, 기생의 얼굴에서 광대뼈가 도드라졌다.
얼른 귀밑까지 찢은 여자의 양쪽 입가에 과장된 웃음이 흘
렀고, 주방문 쪽으로 미끄러지듯 달려가는 여자의 입에서,
"놈의 눈하고는," 이라는 말이 들릴락 말락 비어져 나왔다.

그 순간, 박호민에게로 돌아가던 정진모의 눈과 상현의
눈이 마주쳤다. 정진모의 그것은 흰자위 위에 검은자위가
휘영하게 뜬, 보는 것만으로도 소름이 쪽 끼치는 뱀의 눈, 사
목(蛇目)이었다. 방금 기생의 입에서 튀어나왔던 "놈의 눈하
고는,"이라는 말이 실감 나는 눈이었다. 상현은 입술을 꽉 깨
물어 비어져 나오려는 웃음을 삼켰다.

중국 화가

화주와 함께 안주로 돼지수육에 파전이 나오기까지 박호

민과 정진모의 대화는 여전히 곽방춘에 머물러 있었다. 얘기에 끼어들 기회를 몇 번이나 잡았지만 그때마다 두 손으로 양쪽 무르팍을 지그시 누르며 참아낸 상현은 가만히 고개를 숙인 채 사념에 잠겼다.

그림 하나가 눈앞을 스쳐 갔다.

세조촌경도(歲朝村慶圖).

얼핏 보면 평범한 시골의 새해 아침 풍경을 묘사한 보통의 촌경도와 다르지 않다. 섣달그믐 세밑에 흔히 제작되는 촌경도는 높은 곳에서 내려다보는 부감(俯瞰)의 기법으로 그리는 게 보통이다. 이사달(李士達)[3]의 두루마리 그림 〈새해 아침의 마을 풍경〉은 그런 모범을 잘 보여주는 작품이다. 이후 그믐달 무렵에 그려지는 대부분의 촌경도는 이사달의 그림을 모사한 것이라 해야 옳을 것이다. 버드나무마냥 휘늘어진 소나무와 잎이 다 떨어진 겨울나무들 사이로 마을을 감아 도는 강물과 정겨운 길이 놓여 있고, 그 길을 따라 여남은 채 집이 보인다. 길이 끝나는 곳의 강 위에 다리가 하나 걸쳐져 있는데, 멀리 산들이 평화롭게 놓여 있다. 길 위에는 새해를 맞은 마을 사람들이 먹을거리를 들고 이웃을 찾고, 집 마당에는 새해를 맞는 놀이가 한창이며, 방 안에는 그 놀이를 구경하는 사람들이 저마다 다른 표정으로 그려져 있다.

---

3) 1550~1620. 호는 앙괴(仰槐), 소주(蘇州) 태생의 명나라 화가로 인물과 산수에 모두 능했다.

상현의 뇌리에 선명히 떠오른 〈세조촌경도〉 역시 다르지
않았다. 어지간히 꼼꼼하게 살피지 않으면 이사달 유의 〈세
조촌경도〉와 다른 점을 찾을 수가 없다. 그런데 세심하게 들
여다보면 딱 한 곳, 다른 데가 있다. 잎이 다 떨어진 여윈 감
나무 가지들 사이로 살짝 내비쳐 보이는 초가집의 젖혀진
방문 사이로 새끼손톱보다 작게 그려진 두 사람의 모습이
그것이다. 새끼손톱보다 더 작게 그려진 그 두 사람은 한 사
람처럼 납작하게 붙어 있는데, 잘 닦은 돋보기를 들이대고
보면 더 선명하게 확인할 수 있는, 털 서너 가닥짜리 극세필
로 정밀하게 그려진 남녀의 합궁 장면 – 그림 속 두 사람은
바야흐로 성적 희열의 극한에 다다라 있다. 새해 아침을 맞
은 마을의 또 다른 즐거움 – 그것을 그린 작가가 바로 곽방
춘(郭芳春)이었다.

독주(毒酒)

목구멍을 태우며 넘어간 화주가 쏜살같이 식도로 미끄러
져 위장에 뜨끈한 열기를 뿜어주자 저도 모르게 상현은 어
금니를 물었다. 뜻밖에도 정진모가 상현의 빈 잔에 술을 채
웠다. 오른손으로는 술잔을 들고 왼손은 늘어진 도포 자락
을 얌전히 받치며 술을 받은 상현은 고개를 까닥하고 예를
취한 뒤, 냉큼 술잔을 입안으로 털어 넣었다.

거푸 두 잔의 화주를 받아들인 상현의 몸이 탕파(湯婆)를 껴안은 듯 온기에 감싸였다. 독한 술에 씻겨 절로 벌어진 상현의 입 밖으로 뱃속에서 올라온 열기가 빠져나갔다. 상현은 빙긋이 웃는 박호민의 얼굴과 표정 하나 나타나지 않은 정진모의 얼굴을 번갈아 일별하고는 갈대 젓가락을 파전 한 귀퉁이로 밀어 넣었다.

"파전보다는 수육 맛부터 보시게."

차가운 음성에 까닭 모를 따사로움을 담아낸 정진모의 목소리가 상현의 귓속으로 밀려들었다. "아, 예," 하고는 파전에서 얼른 젓가락을 거두어 수육 한 점을 집어 입속에 넣었다. 달콤하고 쌉쌀한 맛, 육질의 풍미가 입안 가득 씹혔다.

"그래, 이런 독주는 고기로 먼저 달래야지."

상현의 매형 박호민이 얼굴 가득 미소를 지었다.

"술은 좀 하시는가?"

정진모가 예의 하대로 상현에게 주량을 물었다. 그러고 보면 그것이 다방으로 들어온 뒤 상현에게 의견을 구한 첫 말이었다. 어떻게 대답할까를 잠깐 궁리한 상현이 미소를 지으며 입을 열었다.

"아, 예. 학인 선생만큼은 아니지만, 좀 합니다."

상현의 대답에 정진모가 반응을 보였다. 왼쪽 입꼬리가 보일락 말락 올라갔다 내려온 것이다. 그것은 술을 좀 한다는 상현의 말 때문이 아니었다. 상현이 거론한 이름, 바로 학인 때문이었다. 학인(鶴人)은 박호민과 정진모 사이에서 분주하게 오갔던 중국의 화가 곽방춘을 가리켰다.

곽방춘에게는 여러 개의 호가 붙어 있다. 사군자와 산수, 영모(翎毛)[4]와 인물 그림에 두루 사용하는 호가 학인이었다. 그 외의 여러 호들 가운데 두주불사의 술꾼답게 '바다를 술통으로 삼는다'는 뜻의 해준(海樽)이 단연 이채롭다. 상현이 대답을 고민한 것은 학인을 고를 것인지 해준을 택할 것인지 때문이었다. 술 얘기가 나왔으니 마땅히 해준을 골랐어야 했지만, 그렇게 하지 않은 것은 스스로 바다를 술통으로 삼을 만큼의 주량에는 못 미친다는 솔직한 고백이었다.

"재밌구먼."

상현의 뜻을 알아차린 듯 그렇게만 던져놓고 정진모는 술잔을 들어 목구멍 너머로 훅 털어 넣었다. 그런 뒤에 상현에게로 잔을 내밀었다. 상현이 얼른 백자매화병을 집어 들자 정진모는 반대편 손을 살짝 들어 보였다.

"한잔 더 받으시게."

"아, 예."

상현이 정진모의 손에서 낚아채듯 잔을 가져왔다.

"이보게 노현, 이 친구한테 화주는 독약이나 같아. 꽉 채우지는 말게나."

박호민이 끼어들었다. 끼어들긴 했지만 걱정하는 뜻은 보이지 않았다. 걱정 같은 걸 할 위인도 아니었다.

---

4) 새나 짐승을 그린 그림.

"걱정 붙들어 매세요. 자형. 술맛이 아주 단대요 뭘."

상현은 평소의 그답지 않게 과장스레 몸을 흔들며 잔을 앞으로 쑥 내밀었다. 표정 없던 정진모의 얼굴에 미소가 바람처럼 어렸다가 스러졌다.

"참새 주둥이만한 잔에 채우고 말고 할 게 뭐 있어?"

정진모는 화주가 든 매화병을 살짝 흔들며 박호민을 힐끗 보았다. 그리곤 같은 눈으로 상현을 일별했다.

"천천히 드시게. 봄밤은 길어." 하고 말하고는, "곽방춘이란 사람이 조선과 관련이 있다는 거 알고 있나?"라고 물으며 박호민에게로 눈길을 돌렸다. 하지만 그것 역시 상현으로선 자신에게 묻는 말로 들릴 수밖에 없었다. 그러나 상현은 자신이 답할 수 없는 물음이라는 것을 알았다. 박호민에게도 마찬가지였다. 곽방춘이 조선과 대체 어떤 관련이 있다는 것인가.

"그래? 금시초문인걸? 곽방춘이 우리와 관계가 있다? 그게 사실인가?"

고개를 갸웃거리는 박호민을 보며 정진모가 한쪽 입꼬리를 비틀어 웃었다. 곽방춘에 대해 알만큼 안다고 자부하고 있던 상현은 궁금함에 참을 길이 없었다. 몇 개의 그림이 상현의 눈앞을 스쳐 갔다. 마지막에 버티어 선 것은 붉은 수수밭에 술통을 맨 채 흐느적거리며 걸음을 옮기는 중년의 남자였다. '바다처럼 너른 술통'이라는 뜻의 해준(海樽)이란 별호에 딱 맞는 자화상이었다.

취한도(醉漢圖).

목덜미까지 시뻘겋게 술기운이 뻗친 사내의 온몸에선 푹 젖은 술 냄새만이 아니라 흐드러진 노랫가락이 흘러나올 듯하다. 술꾼을 따라 조금쯤 더 가면 어느 풀숲에 이르러 바지춤을 끌어내릴 것도 같다. 반쯤 추수가 끝난 가을의 들녘에 황혼이 지고, 몇 마리 새가 둥지로 돌아간다. 그 왼편 하얗게 빈 허공에 갈필(渴筆)의 흐린 먹으로 '해준'이라 씌어 있고 붉은색 물감을 찍어 전서체(篆書體)로 후벼 판 큼지막한 도장이 선명하게 찍혀 있다.

얕은 수, 깊은 수

눈앞에 떠오른 그림 위로 정진모의 투박한 목소리가 얹혔다.

"선조 임금 연간에 전라도에 진묵(震默)이란 비범한 중이 있었지. 혹여 알고들 있는가?"

허우대 멀쩡한 두 남자는 이번에도 고개만 앞으로 쑥 뺀 채로 대답이 없다. 대답 없음은 고스란히 두 사람의 무지를 대변했다. 장난기가 어려 있지만 비웃음이라 할 만한 표정 하나가 정진모의 얼굴에 또렷이 박혔다. 네깟 것들 어디 가서 그림 안다고 떠들어대지 말라는 일갈에 다르지 않았다. 두 사람은 그런 일갈을 들은 듯 표정이 어두웠다.

"유학은 불학을 우습게 여기지만 정작 중들치고 사서오경을 떼지 않은 자가 없어. 사정이 이러면 우스워지는 건 중들이 아니라 유학자가 아닌가. 예전엔 유불선(儒佛仙)을 상식같이 여겼는데 오늘엔 불선(佛仙)을 불선(不善)인 양 본단 말이야. 수가 얕고 둔한 짓이지."

졸지에 얕은 수에 둔한 머리를 가져버린 상현과 박호민이 서로의 얼굴을 마주보며 어색하게 찡긋거렸다. 틀린 말은 아니었다. 조선의 공부방에서 부처 공부는 필수가 아니었다. 적지 않은 수의 학덕 높은 사람들에게서조차 불학은 외면당하는 게 사실이었고, 불학을 공부하면 흠이 되는 세상이었다.

"진묵이란 선방좌학(禪房座學)이 호방한 게송 하나를 남겼는데, 여기에 곽방춘이 들어 있더란 말이거든."

눈을 동그랗게 뜬 허여멀건 두 남자의 얼굴을 일별하며 정진모는 겉보기와는 판이하게 풍류가 한껏 깃든 운율로 시 한 수를 읊기 시작했다.

天衾地席山爲枕(천금지석산위침)
月燭雲屛海作樽(월촉운병해작준)
大醉居然仍起舞(대취거연잉기무)
却嫌長袖掛崑崙(각혐장수괘곤륜)

하늘을 이불로 덮고 땅을 요로 깔아

산을 베개 삼고 누우며

달을 등불로 켜고 구름을 병풍으로 둘러치고

바다를 술통 삼아 퍼마시다

크게 취해 거연히 일어나 춤을 추려니

문득, 긴 소매가

곤륜산에 걸릴까 걱정 되누나

정진모의 읊조림이 끝나기 무섭게 박호민의 손바닥이 탁자 모서리를 때렸다.

"월촉에, 운병에, 해작준이라!"

만월의 등잔, 구름의 병풍, 바다 같은 술통 – 뇌리를 스치며 지나는 풍광에 가슴이 뻥 뚫리는 것 같았다. 상현은 새삼스레 정진모의 얼굴을 건너다보았다. 코허리가 죽고 날이 서 있지 않은 들창코, 내 천(川)자가 깊은 골로 파인 두툼한 미간, 호미 눈썹, 짜부라진 쪽박귀, 거두 달린 입술에 앞니가 뻐드러져 나와 입을 다물어도 닫히지 않는 건순노치(乾脣露齒)까지, 어디 하나 봐줄 곳 없는 그의 얼굴이 어떤 대갓집 헌헌장부의 그것에 못지않아 보이는 순간이었다. 생각 같아선 삼배(三拜)라도 정성껏 올리고 싶은 심정이었다. 절을 올리는 대신 상현은 매화병을 기울여 참새 주둥이만 한 잔에 화주를 채우고는 목구멍 뒤로 털어 넘겼다. 끝내 얘기에 끼어들 틈을 찾지는 못했으나, 오늘은 이것으로 족하다, 하고 환하게 미소를 그렸다. 그 미소 안에 맑고 밝은 얼굴 하나가 담겨 있다. 가만히 보면 하나가 아니고 둘이다. 하나는 남자의 것이고, 상현 자신이다. 다른 하나는, 여자다. 마음이 밝아질 때면 떠오르는, 떠오르면 마음이 환해지는.

제3장

전 야(前夜)

동궁(東宮)

겹겹이 문이 막힌 구중(九重)의 궁궐.

임금이 세자의 거처를 찾은 건 그야말로 '불쑥'이었다. 해가 지고도 한참이나 지난 뒤, 밤이 꽤 깊었다고 해야 할 시각에 갑자기 숙직을 서던 봉서무감(封書武監)[5]을 불렀는데 세자에게 전해주라고 서찰을 건네다 말고 임금은 아예 동궁으로 건너가겠다고 한 것이다.

전 몇 가지와 구운 은행, 여섯 쪽으로 자른 삶은 계란, 나박김치, 한 입 크기로 썬 두부부침이 고작인 조촐한 주안상

---

5) 왕이 종친이나 고관에게 보내는 편지인 봉서를 전달하는 일을 담당하는 무예별감.

때문인지 그 앞에 마주 앉은 두 사람은 임금과 세자로는 통 보이지가 않았다. 어지간한 양반집 부자지간이라 보기도 힘 든 것은 주안상만이 아니라 소탈하게 입은 두 사람의 잠자 리 옷 때문이기도 했다. 모양과 색을 맞추긴 했지만 군데군 데 옷감을 덧대 기운 것은 일부러 그랬다기보다는 해진 부 분에 손을 댄 게 분명한데 아무리 잠옷이라 해도 왕가의 것 이라고는 믿어지지 않을 정도였다.

소탈한 먹을거리와 입성은 보좌에 오른 뒤 줄곧 검약을 강조해온 왕으로선 당연한 것이었지만, "소박이 지나쳐 빈 약할 정도이니 밥상을 풍성하게 하는 건 고사하고 잠옷만이 라도 새것으로 지어 올리게 해주소서"라는 게 지밀상궁이 입이 닳도록 하는 말이었다. 지밀상궁의 재촉과 간청을 피 할 길은 없었지만 이럴 때마다 매번 왕의 입에서 떨어진 건 은근한 면박이었다.

"임금이 호사를 부린다면 호사를 부리는 신하를 나무랄 수 없고, 그러고도 백성들에게 검약을 이야기한다면 그 백 성들이 어찌 나서서 허리끈을 조이려 할 것인가?"

이런 면박조차 없을 때는 그저 완강히 입을 다물 뿐이었 다. 그때의 침묵은 면박보다 호되다면 더 호되었다.

부정(父情)

"이렇게 함께하는 게 참 오랜만이지? 반년은 된 것 같구나."

술잔을 비우고 두부부침을 잘라 입으로 가져가며 왕이 굵은 음성으로 물었다. 그러자 세자는 빙그레 미소를 지으며 손잡이에 왕골을 감은 백자 주전자를 들어 임금의 빈 잔을 채웠다.

"반년이라니요, 시강원에서 경연을 마치고 상감마마께서 녹파주(綠波酒)를 내오라 하신 게 지난달이었습니다. 박사와 함께 낮부터 대취하셨지요."

"그래?"

임금이 눈을 크게 떴고, 세자가 밝게 웃었다.

"그런데 이렇게 둘이 있을 때는 상감마마라고 부르지 말거라. 내게 너는 내 피를 받은 왕자와 다름없느니라. 더구나 너는 보위를 이어받을 세자이지 않느냐. 나를 아버지라 부르는 게 마음에는 걸리겠지만, 반드시 너는 나를 아버지라 불러야 한다. 그래야 눈에 불을 켠 이리떼들을 이길 수 있다. 저들의 고변에 나는 까닥하지 않을 터이니 두려워 마라. 알겠느냐? 너는 세자다."

다정하면서도 근엄한 왕의 말에 결(潔)은 대꾸 없이 조용히 침만 삼켰다. 왕의 말들에 담긴 애정과 신뢰를 모를 리 없었다. 세자 책봉에 난항이 있음에도 곁에 누가 있든 자신을 늘 세자라 칭하고 세자 책봉을 미루어야 한다는 대신들의 상소에도 동궁에 기거하도록 한 마음을 헤아리지 못할 그가 아니었다. 그러나 왕을 아버지라고 부르라는 명만큼은 좀체 따라지지가 않았다.

결의 눈앞으로 그림자처럼 지나가는 게 있었다. 마포 별당 이끼 덮인 바위 아래 짓이겨진 시신 - 거무죽죽하게 젖은 흰 바지에서 풍겨 나오던 고약한 냄새는 여전히 콧속으로 스며들었다. 그의 고개가 조금쯤 더 숙여졌을 때, 부러 들뜬 기운을 담은 왕의 목소리가 방 안을 채웠다.

"지난달이라, 참말로 지난달이더냐? 정말이지 지난달에 우리가 술자리를 가졌더냐?"

그제야 결은 고개를 들었다. 여전히 어색한 미소가 입가에 매달려 있긴 했지만 얼굴빛은 밝게 바뀌었다.

"기억이 나질 않으십니까?"

"정말……지난달이란 말이지?"

왕은 눈살을 가늘게 만들고는 고개를 갸웃거렸다.

"어디 보자……."

셈을 하는 듯 오른쪽 검지로 왼손 손바닥을 톡톡 치다가 왕이 고개를 젖혔다. 거기에 맞춰 결이 넌지시 거들었다.

"간장국에 달인 연어 알을 처음 맛보았다는 박사의 얘기를 들으시고 마마께서 그릇째로 주셨던 날이지요."

결의 말을 들은 왕이 손바닥으로 무릎을 쳤다.

"맞아 맞아, 그랬지," 하고는 눈살을 가늘게 만들고는 "마흔을 넘기고 나니 자꾸 깜빡깜빡하는구나. 그래 맞아, 박사가 취해서 주절거리던 고사도 있었지. 뭐였더라?"

"요임금의 소박한 장례에 대해서였지요."

결의 말에 왕이 껄껄 웃었다.

왕의 그릇

요임금의 소박한 장례란, 팔적(八狄)을 교화시키고 돌아오
던 길에 요임금이 갑자기 세상을 떴는데, 거친 나무로 관을
짜고 칡으로 그 관을 묶어 공산(鞏山) 북쪽 기슭에 봉분도 없
이 장사를 지낸 것을 말했다. 훗날 그 무덤을 소와 말이 밟
고 지나갈 정도여서, 요임금의 그 장례는 두고두고 왕가는
물론 유학자들에게 근검과 소박함의 모범이 되었다. 묵자(墨
子)는 상제(喪祭)에 유난히 까다롭고 엄격한 유가를 비판하며
자신의 글 「절장(節葬)」에 이 고사를 인용했는데, 달포 전 경
연을 마친 뒤에 느닷없이 벌어진 술자리에서 유난히 술이
약한 세자시강원 박사 윤순흥(尹順興)이 취하여 묵자를 자꾸
순자(荀子)라 하고, 「절장」을 「비상(非相)」이라고 하는 것을
듣고는 임금이 바로 잡으려다 도리어 박사로부터 면박을 당
했었다.

"박사가 자꾸 꾸중을 하니 내가 잘못 알고 있나, 했었지.
네가 바로 잡아주지 않았다면 나는 영락없는 무지렁이가 되
고 말았을 거야. 그랬다면, 아이고, 끔찍하구나. 임금에 관한

소문이 좀 빠르더냐, 하하하!"

왕의 웃음 위에 결의 웃음이 더했다. 두 사람의 흐드러진 웃음소리가 세자의 침소를 가득 채우고도 넘쳐 북창을 타넘었다. 그러다 문득 웃음을 거두며 왕이 미간에 굵은 골을 만들었다.

"그런데 말이다."

붉게 젖은 두 볼을 쓸던 왕의 손길이 더북한 턱수염을 훑어 내려갔다.

"며칠 전 윤 박사를 불렀더랬다. 눌재(訥齋)[6]가 세조 임금 때에 건의했다가 삼백 년이 넘도록 시행되지 못한 규장각의 내력에 대해 물어볼 게 있었지. 박사와 얘기를 하다가 길어져 저녁을 함께하며 술도 한잔했었는데, 그때도 지금 네게 그랬듯 박사한테도 똑같이 말했단다. 반년이나 격조해서 아쉬웠다고. 근데 왜 그때 윤순흥은 '반년이 아니라 달포입니다,' 하고 말하지 않았을까?"

왕의 심각한 표정과는 달리 세자의 얼굴에는 은근한 웃음이 어렸다. 그는 아무 말 없이 고개를 돌려 잔을 비우고, 비운 잔을 상 위에 가만히 내려놓았다. 그리곤 맑은 눈으로 왕을 바라보았다.

---

6) 성종 때의 문신이며 학자인 양성지(梁誠之:1415~1482). 집현전 직제학, 홍문관 대제학 등을 지내며 『팔도지리지』, 『해동성씨록』, 『여지승람』 등을 편찬했다. 세조 12년(1466)에 경전·사서·실록 등에서 필요한 것을 뽑아 엮은 『유선서(諭善書)』는 왕세자를 위한 교훈서이다.

"박사가 마흔을 넘긴 것은 마마보다 십 년은 빠르질 않습니까."

결의 말이 떨어지자마자 왕의 입에서 다시 웃음이 터졌다. 세자의 웃음이 그 위에 또 더해졌다. 박사 윤순흥이 왕보다 열 살이 많다는 사실이 두 사람의 웃음보를 터지게 만들었는데, 흐드러지게 터진 그들의 웃음은 또다시 북창으로 날아갔다. 창을 타넘은 웃음소리는 대숲에서 오줌발을 추켜세우던 병졸의 입꼬리를 이유도 없이 귀밑까지 끌어올렸다.

그렇게 술잔이 돌 때마다 웃음이 터졌고, 웃음이 터지면 또 술잔이 돌았다. 얼굴의 붉은 기운이 목덜미에 이르렀을 즈음, 백자 주전자에 벽향주(碧香酒)가 새로 채워져 나왔다. 새 술을 세자의 빈 잔에 따라주던 왕의 주름진 눈시울이 지그시 감겼다가 뜨였다.

"결아."

"예."

"공자는 세 가지 유익한 즐거움을 말했다. 그런데 선생은 또 세 가지 해로운 것도 말하였지."

"그렇습니다."

"거기에 대해 얘기해 보거라."

"세 가지 유익한 즐거움을 저는 이렇게 알고 있습니다."

왕의 권유를 받은 세자의 입이 노래하듯 오물오물 움직이기 시작했다.

"몸가짐을 제대로 하고 좋은 음악을 즐김에 절도를 지키는 것이 첫째 즐거움이고, 남의 훌륭한 행실을 즐거이 말하는 것이 둘째 즐거움이며, 출중한 벗이 많음을 즐거워하는 것이 셋째 즐거움입니다. 여기에 공자는 즐거움이 지나쳐 해로움이 되는 세 가지를 더했는데, 교만과 방자로 욕망을 좇는 것이 그 하나이고, 제멋에 겨워 게으르게 놀기를 즐기는 것이 그 둘이며, 술자리를 과하게 즐기는 것이 나머지 하나라 했습니다."

"그래, 그렇다면, 그 마지막 해로운 즐김에 대한 네 생각은 어떠하냐?"

결의 미간이 좁아드는 걸 보고 왕이 얼른 덧붙였다.

"너는 그것을 받아들이느냐, 받아들이지 않느냐?"

이런 식으로 시험을 하는가, 하는 생각이 퍼뜩 결의 뇌리를 스쳤다. 그는 새삼 매무새를 여미고는 고개를 살짝 숙였다. 빈 잔에 채워지는 벽향주의 누룩 냄새가 콧속으로 빨려 들어왔다. 취기를 털어내듯 그는 가볍게 고개를 흔들고는 운을 뗐다.

술

"백거이(白居易)는 북쪽으로 난 창가에 기대어 세 가지 벗을 생각했었지요."

"북창삼우(北窓三友)……."

왕이 슬그머니 눈을 감고 고개를 끄덕였다.

"그 세 벗의 하나는 거문고이고, 또 하나는 시였습니다. 그리고 나머지 한 벗은 거문고 뜯는 소리를 들으며 시를 읊게 하는 벗, 바로 술입니다."

왕의 고개가 다시 끄덕끄덕 움직였다.

"제 입으로 감히 술을 벗으로 삼는다는 말을 하기가 어줍습니다만, 백낙천의 북창삼우를 모른 척하는 것도 어줍기는 마찬가지겠지요. 또한 『논어』에는 마음이나 몸가짐이 흐트러지지 않을 정도라면 마셔도 될 것이라고 씌어 있기도 하니……."

거기서 왕이 결의 말을 끊었다.

"그래, 정량이라는 것이 있지. 그렇다면, 나나 박사가 달포 전에 마셨던 그 술은 어떤 술일까. 술 마신 것조차 까맣게 잊을 정도라면 그건 정량을 넘어선 것이렷다?"

풋, 하고 웃음이 터진 결이 얼른 수습에 나섰다.

"옛 중국의 반고가 술을 미록(美祿)이라 했다는 것을 읽었습니다. 술에게 아무리 아름다운 벼슬이 내려졌다고 해도 어찌 국왕과 견줄 것이며, 국왕과 대작한 박사에게 어찌 정량의 넘침을 책임지라 하겠습니까?"

"푸하하! 속이 훤히 보이는 아부로다!"

"자식으로 아버지에게 아부하는 것은 당연한 일인 줄로 압니다."

무심히 툭 튀어나온 결의 말에 두 사람은 동시에 놀랐다.

자식과 아버지라는 두 단어가 마치 불 속으로 뛰어든 나방처럼 한동안 그들 앞에서 푸덕거리며 요동을 쳤다.

"크하하! 오늘부로 너를 술 주짜 주왕(酒王)에 임하노라, 크하하!"

어색함을 수습하듯 왕이 웃음을 터뜨렸다.

"그러면 앞으로 동궁을 주궁이라 불러야 하는지요?"

결이 받아친 말에 남았던 어색함이 모두 떨어져 나갔다. 두 사람의 웃음소리가 다시 창으로 쏟아져 나갔고, 궁 밖에 지켜 섰던 병사들은 연신 쏟아져 나오는 웃음의 의미는 알길 없었으나, 그저 실없이 입꼬리를 귀밑으로 찢어놓았다. 어둑한 하늘 한 귀퉁이를 적시던 달빛이 완연히 기우는 깊은 밤이었다.

제4장

밀담

백부와 조카

　왕과 세자가 동궁에서 차곡차곡 취해가던 그 밤, 경복궁 밖 삼청동 김자청(金自晴)의 집 안방도 술내음으로 가득했다. 어지간히 독한 걸로 봐서는 중국에서 건너온 백주나 고량주일 듯싶은데, 술상 앞에 앉은 두 사람의 얼굴에는 별 취기가 없었다.

　각자 앞에 하나씩 놓인 자개가 박힌 화려한 통영반 위에는 소반만큼이나 근사한 술병과 안주가 가지런히 놓여 있었다. 주둥이가 긴 백자 주병(酒甁)에는 매화나무에 새 한 마리가 앉아 있고, 안주들이 담긴 접시도 일습으로 갖춘 듯 모두가 백자였는데, 두께가 손가락 한 마디가 넘고 옆면으로 청색의 매화 가지가 부드럽게 드리워져 있었다.

"한 잔 들거라."

흙빛이 살짝 도는 굽이 달린 술잔을 가볍게 들어 보인 근엄한 풍모의 남자는 서너 해 전에 판서로 은퇴한 김자청, 그의 곁에 앉은 이마가 새파란 젊은이는 해가 바뀌어 스물두 살이 된 그의 조카 상현이었다.

김자청은 초시에 합격한 뒤 성균관에서 공부하는 동안 줄곧 뛰어난 문장을 드러내 오랜 기간 요직을 두루 거쳤는데, 집안 자체가 누대로 선대왕의 교지를 짓는 지제교(知制敎)의 자리를 거친 명문가의 장손이었다. 가문의 급제자들이 모두 지제교를 거치기도 했지만 유난히 지제교에 오래 머물렀던 덕분에 판서까지 지냈음에도 그에게는 '지제교 어른'이라는 별칭이 따라다녔다. 높은 벼슬이라 할 수는 없었지만 문장이 바르고 붓을 곧게 쓰는 사람이라야 맡을 수 있는 자리가 지제교였다.

관직에서 은퇴한 지 서너 해를 넘긴 김자청은 환갑이 지난 나이에도 허리는 여전히 꼿꼿하고 수염이나 상투에도 희끗희끗한 기운이 거의 없어 겉으로만 보면 불혹의 나이라 해도 의심이 가지 않을 정도였다. 처음 대면하는 사람에게 막내 상희를 마흔 중턱이 지난 뒤에나 본 딸이라고 하면 도무지 믿으려 하지 않는 것은 그런 까닭이었다.

정 한(情恨)

　김자청이 늦은 밤 은밀히 술자리를 마련해 부른 상현은 김자청의 유일한 아우인 김자균(金自均)의 아들이다. 상현의 아버지 김자균은 종묘서(宗廟署) 직장(直長)으로 있던 중에 벼락을 맞은 전각에 화재가 났을 때 화재진압을 지휘하다 불길에 휩쓸려 소사하고 말았는데, 15세 연하의 아우를 아우이기보다는 아들처럼 여겼던 김자청은 자식을 잃은 것과 같은 아픔에 휩싸였었다. 수시로 자신의 집으로 불러 벼슬살이를 함에 있어 지켜야 할 법도나 요령은 물론이고 살림살이에도 도움을 아끼지 않았는데, 그렇게 끔찍이 아끼던 아우가 불의의 사고를 당했으니 아비 잃은 상현을 또한 끔찍이 생각하지 않을 리가 없었다. 조카에 대한 사랑에 못다 한 형제의 정이 담겨 있음은 당연한 일이었다. 더구나 유난히 자식 복이 없어 장남을 비롯해 세 아들을 모두 병으로 잃어 김자청의 슬하에 오직 외동딸 상희만이 남아 있었던 것도 그가 상현을 아끼는 이유의 하나였다.

　"상현아."

　"예, 큰아버님."

　"별채에 마련했다는 공부방은 마음에 드느냐?"

　"예."

　"요사이 긴한 일들이 있어서 미처 가보지를 못했구나. 늑막이 결린다던 건 어떠니?"

"큰아버님이 보내주신 탕제를 달여먹고 많이 좋아졌습니다. 이따금 숨이 찬 것까지 다 잡힌 건 아니지만, 의원의 말로는 그것도 곧 나을 거라 했습니다."

"그래. 공부도 좋다만 건강을 생각해서 너무 달려들지는 말거라. 올해가 축년이니 식년시까지는 아직 두 해나 남았다. 가끔 녹우재로 나가서 바람도 쐬고, 틈이 나면 상희한테 글씨랑 그림도 봐주고. 이참에 초충도(草蟲圖) 정도는 뗄 수 있게 해주면 좋지."

상희의 이름이 나오자 상현의 어깨가 저도 모르게 움찔했다.

"그래, 요즘은 무얼 즐겨 그리느냐?"

상현의 어깨가 다시 움찔거렸다.

"이즈음엔 그림보다는 글씨에 좀 빠져 있습니다. 매형이 지난번 동지사를 수행하고 연경엘 다녀오면서 왕희지의 서첩을 선물해주었는데 그걸 베껴 쓰고 있습니다."

"왕희지 것이면, 십칠첩(十七帖)이더냐?"

"징청당(澄淸堂)의 첩책입니다."

"오호, 그거 아주 좋은 거지. 값이 많이 나가기도 하지만 구하기가 쉽지 않았을 터인데 용케 갖고 왔구나?"

"매형의 언변은 전기수(傳奇叟)에 못지않으니 유리창의 서점 주인을 능히 구워삶았겠지요."

"허허, 능히 그러고도 남을 위인이지. 그나저나 그 사람은 아직 남산 밑을 뻔질나게 드나들고?"

김자청의 말에 가시가 돋쳐 있었다. 상현은 말없이 아래

턱만 살짝 끄덕이고는 술잔을 집어 들었다. 큰아버지가 매형을 탐탁해하지 않는다는 걸 아는 터라 상현은 짐짓 얘기를 딴 곳으로 돌리려고 아예 대꾸를 하지 않을 생각이었다.

불신

처음부터 김자청이 자신에게 조카사위가 되는 박호민을 탐탁찮게 생각한 것은 아니었다. 과거시험보다는 학문에 뜻을 둔 박호민을 오히려 믿음직스럽게 생각했었다. 동지사의 수행원으로 박호민을 천거한 뒤 사역원(司譯院) 사람을 붙여 청국 말을 공부하게 한 것도 그랬고, 연경에 갈 때는 따로 용돈까지 주었을 정도였다. 가지고 간 돈의 몇 배나 되는 책을 빚을 내가며 구입해 온 것도 호학하는 자세라며 두둔했던 김자청의 태도가 바뀐 것은 박호민이 동지사 수행원으로 두 번째 연경을 다녀온 뒤였다. 동행했던 사역원 주부(主簿)로부터 박호민에 대해 안 좋은 얘기를 들은 때문이었다.

얘기의 골자는 박호민이 매일 밤 청국의 창기와 어울려 술판을 벌이는 것도 모자라 서장관(書狀官)까지 꼬드겨 공금을 축내게 만들었다는 것이었다. 소문이 이상하게 번졌다는 것을 알게 된 박호민이 김자청을 직접 찾아 사실을 말했지만 소용이 없었다. 자신이 어울린 것은 창기가 아니라 유리창 서점 주인을 잘 아는 여관의 종업원이라는 것, 그리고 서진(西晉)의 황보밀(皇甫謐)이 지은 『고사전(高士傳)』에 버금가는 당나라 때 서적이 있다는 말을 듣고 구입하려다가 갖고 간 돈이 모자라 서장관에게 빌렸는데 공금인 줄은 꿈에도 알지 못했거니와 귀국하자마자 곧바로 갚아서 문제가 될 것이 없다는 것이 박호민의 진술이었다. 박호민이 한 말은 거짓이 아니었다. 하지만 어쨌든 공금을 사사로이 쓰게 만든 것은 피할 수 없는 사실이었다. 그러나 김자청이 박호민에 대한 호감을 무너뜨린 것은 그 일만이 아니었다. 박호민에 대한 뭔가 좋지 않은 얘기를 들은 게 더 있음이 분명했는데, 끝내 김자청은 그것을 상현에게 발설하지 않았다.

시간을 벌어볼 궁리를 하고 있었지만 거기서 얘기를 끝낼 백부가 아니란 걸 상현은 잘 알고 있었다. 상희 얘기가 나오자 얼른 매형의 얘기로 둘러댔는데 오히려 진창에 발을 디딘, 범을 피했더니 여우가 닥친 꼴이었다. 상현이 주전자를 들어 잔을 채우고 나자 김자청이 기다렸다는 듯 입을 뗐다.

"사돈이 중국에서 들여온 게 왕희지의 서첩만은 아니겠지?"

뼈가 박힌 백부의 말이 상현의 고막을 찔렀다. 상현은 "춘화도 말씀인지요?" 하고 단도직입으로 묻고 싶었지만, 그럴 수는 없었다. 사실이라 해도, 사실이 아니라 해도, 마찬가지였다. 괜히 '춘화도'를 입에 올렸다가 무슨 오해의 불씨를 남길지 알 수 없었다.

"그러겠지요. 하지만 근자엔 왕래가 뜸해서 매형이 무얼 가져왔는지는 알지 못하고, 그런 것에 대해 얘기를 나눈 기억도 없습니다."

상현의 말은 새빨간 거짓이었다. 열두 살 차이의 나이와는 상관없이 상현과 그의 매형은 그야말로 아삼륙, 죽이 척척 맞았다. 묵묵히 고개를 주억거리는 김자청의 표정에서 그다지 깊은 의심은 읽어낼 수 없었지만 백부의 집요한 성정을 누구보다 잘 아는 상현으로선 마음을 놓을 수가 없었다. 변명거리를 찾았으나 얼른 떠오르지도 않았다.

"아무튼……."

김자청이 술을 입안으로 털어 넣고는 잔을 내려놓지 않은 채 손바닥 안에서 살금살금 돌렸다. 뭔가 긴요한 얘기를 할 때의 버릇이었다. 상현은 다시금 긴장했다. 상현이 술이 담긴 매병(梅瓶)을 들어 기울이려 하자 김자청이 술잔을 들지 않은 왼손을 손바닥이 보이도록 살짝 들었다가 내렸다.

혼란

"네가 계미(癸未)생이지?"

"아…… 예."

술병을 내려놓던 상현은 들키지 않게 한숨을 내쉬었다.

"세자도 계미생이라는 건 알고 있니?"

"그렇습니까?"

갑자기 웬 세자 얘기일까. 상현은 의문 가득한 눈으로 큰아버지를 보았다.

"내 기억이 흐려지지 않았다면 아마도 계미년 삼월 초여드렛날 나셨을 게다."

"초여드레면, 저보다 꼭 두 달이 앞이군요."

"그래, 네 생일이 오월 초여드레지. 그러고 보니 얼마 남질 않았구나. 이번 네 생일은 좀 근사하게 차려야겠다."

"그런데, 세자의 얘기는 갑자기……?"

말끝을 흐린 상현의 물음에 김자청의 은근한 눈길이 건너갔다.

"지금 궁궐에 닿아 있는 사람에게는 수유지혜에 불여승세, 딱 그 형국이다."

김자청의 목소리가 귀엣말이라도 하듯 갑자기 낮아졌다. 수유지혜(雖有智慧), 불여승세(不如乘勢) – 아무리 지혜가 있어도 일이 되어가는 정세를 파악하고 거기에 적응하는 것만 못하다? 무슨 얘기일까? 상현은 백부의 말에 귀를 세웠다.

"세자가 어린 나이에 풍상을 많이 겪은 분이란 건 너도 알 테지. 궁궐에 이는 풍파란 여염의 그것과는 달라서 큰 바다의 거친 너울이 일순간에 배를 집어삼키듯 때론 뼛속까지 파고들어 몹쓸 병을 일으키게 하는 법이다. 성상이나 그 후손의 천명이 대개 길 수 없는 이유가 따로 있겠느냐. 파도란 본래 멀리 갈수록 깊어지는 것이니 아무리 태산 같은 사람도 거기에 휩쓸리면 속절없이 부서지고 만다. 어지간한 대

70

갓집에서 체벌로 다스릴 일이라도 꼭 피를 보아야 하는 것이 궁궐의 일, 예전 계유년 난정 때 휘둘러진 철퇴나 오래전 연산의 광검(狂劍)만이 그 풍파의 거친 성정을 얘기해주는 건 아니다. 그에 버금가는 일들이 수없이 일어났고, 앞으로도 일어날 것이다. 성군이라 했던 임금들의 치세에도 혈육의 목이 떨어지고, 귀양 끝에 거개는 사약이 내려지질 않았더냐. 지제교 자리에 있으며 선왕과 지금의 임금까지 두루 겪은 나로서는 당장 세자의 두려움과 아픔을 생각하면 잠을 이룰 수가 없다."

김자청의 얘기는 쉬 끝날 것 같지 않았다.

소용돌이

지금의 왕에게는 왕자가 없다.

공주와 옹주만 셋을 둔 왕은 아우인 인성군(仁晟君)의 장자인 결(潔)에게 일찌감치 보위를 물려주리라 공표했다. 몰아치듯 세자 책봉까지 결행하려 하자 일부의 대신들은 당연하다는 반응을 보이며 왕의 생각을 반겼지만 다른 일부는 섣부르다고 목청을 높였다. 겉모양은 간언이었으나 핀잔과 질타라 해야 옳을 정도였다. 아직 왕이 젊기도 하고, 기근과 왜구의 난행 등 나라 안팎으로 긴박한 일들이 산적해 있어 세자 책봉을 서두를 일도 없거니와 일정 기간 미루는 게 오히

려 나을 거라는 영의정의 부드러운 듯 날 선 항변 앞에 왕도
주춤할 수밖에 없었다.

그런 와중에 중전이 급작스럽게 세상을 떠났다. 저녁 식사
를 하다 생선 가시를 넘겼는데 빼낼 방도를 찾지 못하고 임
시방편으로 신 김칫국물을 마시고 불편한 가운데서도 잠자
리에 들었는데 밤사이 쥐도 새도 모르게 숨이 멎은 것이다.
구중의 궁궐에 몰아칠 풍파를 예고하는 사건이었다. 승지(承
旨)는 목이 심하게 붓고 검은 자국이 선명한 중전의 시신이
의심스럽다며 자객의 난입을 수사할 것과 정밀한 검안을 상
소하고 나섰다. 그런 상소를 올린 자가 기이했다. 승지일 뿐
이라면 당연했으나, 그 승지가 후궁인 안빈 유 씨의 오라비
였던 것이다. 그냥 별스런 일이라고만 할 수 없었다. 죽음의
원인이 만에 하나 생선 가시를 삼켰기 때문이 아니라 중전의
목숨을 노린 자객에 의한 것이라면 그 끔찍한 소행에 대해
가장 의심을 받아야 할 사람이 바로 안빈 유 씨와 그 척족이
기 때문이었다. 승지의 상소가 그런 의심을 피하기 위해 취
한 발 빠른 속셈이라는 얘기가 돌았지만, 정말 그런 거라면
그의 속셈은 정확히 맞아떨어진 셈이었다. 상소가 부당하다
는 대신들의 압도적인 의견에 모든 것이 묻혀버린 것이다.

그러나 숨겨진 너울의 여파는 정작 중전의 장례가 끝난
뒤에 밀어닥쳤다. 기가 막히게도 중전의 장례가 끝나자마
자 안빈 유 씨의 회임(懷妊) 소식이 전해졌고, 곧이어 안빈 역
시 중전과 똑같이 저녁을 먹던 중에 생선 가시를 삼키는 일

이 벌어졌다. 목 안의 생선 가시를 녹이는 탕약을 먹으면 뱃속의 아기씨를 상하게 할 수도 있다는 의관의 말에 이도저도 못한 채 사흘이 지났을 때 다행히 뼈가 절로 녹아 통증은 사라졌는데, 기다렸다는 듯 결의 세자 책봉을 관철시키려는 인성군의 야심에 대한 불쾌한 소문들이 궁궐을 뒤덮었다.

소문을 견디기 힘들었던 세자의 부친 인성군은 용산의 암자로 들어가 독서로 시름을 달랬는데, 어느 날 만취한 채 바위를 오르다 실족해 목숨을 잃고 말았다. 흉흉한 소문이 휘돌기 시작하고 채 달포가 지나지 않아서였다.

어릴 때부터 총명하고 성격이 밝았던 결이 침울하고 염세적으로 변한 것은 그 일이 있었던 뒤였다. 열다섯 살에 세 살 연상인 안흥 최 씨의 딸과 혼인을 했으나 열아홉 살에 병으로 아내를 잃은 그가 임금의 부름을 받고 궁으로 들어가서 생활한 지 삼 년이 지난 때였다. 길다면 엄청나게 긴 시간이었다.

복잡한 계산

"왕이 문선군(文善君: 결)에 대한 세자 책봉이 미뤄지고 있는데도 세자라 부르는 데 주저하지 않거니와 동궁에 기거하도록 한 것은 문선군에 대한 남다른 애정을 드러내는 것이긴 하지만, 그만큼 세자의 처지가 곤란해지는 것도 당연한 일이지. 사정이 이러니 지혜가 있다 해도 정세를 살피는 것만 못한, 수유지혜에 불여승세이지 않겠느냐. 세자 책봉을 미루자는 세력들은 문선군의 배우자를 간택하는 일마저 처음엔 중전의 상중을 핑계 대다가 이젠 세자 책봉을 서두르는 건 왕의 건강에 문제가 있는 것이 아닌가 괜한 의심을 사게 된다고 하고 있으니, 이런 상황에 선뜻 나서서 세자 책봉과 세자비 간택 문제를 거론하려는 자가 있을 턱이 없지."

"제가 듣기론 혼인 문제는 세자가 스스로 마다하는 것이라던데요?"

가만히 듣고 있던 상현이 낮은 목소리로 물었고, 김자청의 고개가 위아래로 천천히 움직였다.

"스스로 은신하는 모습을 보이지 않으면 자칫 대소 신료들의 눈 밖에 날 수도 있을 테니 그러지 않을 도리도 없질 않겠느냐. 장차 왕좌에 오를 사람으로 지나치게 겸양을 보이는 것도 체면이 깎이는 일이라 염려하는 소리도 있지만, 어차피 두 길을 모두 갈 수는 없겠지. 정세를 살펴 처신하는 일이란 늘 저울로 무게를 달아 기우는 정도를 살펴 균형을 잃지 않으려 애쓰는 것과 같다. 문제는 회임을 한 안빈 유 씨와 그 오라비의 뒤편에 대소 신료들이 줄을 서고 있다는 것인데, 저울추라는 것을 좌우 함부로 움직인다면 기준이란 것이 무슨 소용이겠느냐. 이게 가장 큰 걱정이구나."

"상감의 의지만 확고하다면……."

"그건 너나 내 생각일 뿐."

"큰아버님께서 보시기에는 어떤지요?"

"글쎄다, 관건은 지금 임금의 나이인데, 마흔이란 참 묘한 나이야. 이미 마흔을 넘겼다고 말할 수도 있고, 아직 마흔을 넘겼을 뿐이라고 말할 수도 있고."

퍼뜩, 상희를 낳았을 때 큰아버지의 나이가 마흔 중반이었다는 사실이 상현의 뇌리를 스쳤다. 상희는 지금 열일곱, 큰아버지는 막 환갑을 넘겼다. 안빈이 장차 원자를 출산하고 그 아이가 보위를 이어받게 된다면, 생각하고 싶지 않은 불의들 또한 염려하지 않을 수 없는 일이었다. 역대의 왕들에게 마흔 살에서 쉰 살은 넘기기가 그리 만만치 않은 고비였음을 상기할 수밖에 없다. 그건 어린아이가 왕이 된다는 것이고, 섭정은 불가피한 일이다. 임금에게서 새로운 왕자가 태어나기를 기대하는 사람들의 계산이 얼마나 복잡할는지 상현은 눈으로 보듯 훤했다.

"그런데 며칠 전 명원군이 나를 급히 집으로 청하기에 다녀왔구나."

끊어졌던 김자청의 얘기가 다시 이어졌다.

음모

명원군(明原君)이라면 죽은 중전에게서 난 외동딸 희정공주의 시아버지 되는 정욱(丁郁)을 말한다. 그는 김자청과는 어릴 적에 동문수학한 절친한 동무. 정욱과 김자청은 육조의 관직을 두루 역임할 때도 돈독했을 뿐 아니라 나이가 들어서도 단짝이란 말이 어울리는 관계를 유지하고 있었다. 더구나 명원군은 김자청만큼이나 상현의 부친인 김자균을 귀여워하고 그 재주를 아낀 사람으로, 잠깐이긴 했지만 자균에게 공부를 가르친 적도 있었다. 정욱이 군(君)의 호칭을 얻은 것은 그의 막내아들이 희정공주와 정혼을 하면서였다. 희정공주는 세자 책봉에 난항을 겪고 있는 결보다 두 살 연상이었다.

"부마(駙馬)가 되기 싫다며 명원군의 막내 아드님이 산행을 빙자해 구월산으로 도망친 일이 생각나네요."

지난 일을 떠올리며 상현이 미소를 띠었다.

"그래, 녀석이 돌아온 게 말 그대로 우여곡절 끝이었지."

김자청이 맞장구를 쳤다. 그리곤 상현에게 물었다.

"녀석이 부마가 되기 싫다고 도망을 치며 했던 말, 기억하느냐?"

상현은 고개만 끄덕였을 뿐, 입을 떼진 않았다. 차마 입에 담기가 민망한 때문이었다. 정욱의 막내아들이 부마가 되기 싫다며 한 말은 아주 고약하면서도 배를 잡게 만들었다. "사람에게 어찌 말이 되라 하십니까?" 생각하면 섬뜩한 말이었다. 공주의 남편, 즉 임금의 사위가 되는 것을 이르는 '부마(駙馬)'는 중국 한나라 때부터 시작된 벼슬인 부마도위(駙馬都尉)에서 비롯된다. 황제가 타던 마차가 부거(副車)이고, 부거

를 끄는 말을 부마라 하는데, 부마를 관리하는 직책이 부마
도위였다. 위(魏)·진(晉) 때에 이 직책을 공주의 남편에게 준
뒤로 호칭으로 굳어지게 되었다. 매이는 걸 몹시도 싫어했
던 정욱의 막내아들은 부마가 되는 순간 옴짝달싹 못하는
신세가 될 것이니 그런 자신의 처지가 임금 수레의 말이나
끄는 것과 무엇이 다른가, 하고 생각한 것이다.

정의철(丁宜哲) - 그에 대해서라면 상현은 매형 박호민을
통해 들을 만큼 들었다. 사실인지 아닌지는 차치하고, 관례
를 올리기도 전에 이미 기생집을 드나들던 솜씨에 홀로 사
는 과부로 그의 벗은 몸을 보지 않은 사람은 가좌동의 소경
인 과수댁밖에 없다는 소문까지, 하나같이 입에 담기 민망
한 것들뿐이었다.

꼬리를 물고 일어나는 상념을 털어내듯 상현은 고개를 한
번 가볍게 흔들고는 김자청의 한껏 낮아진 말소리에 다시
귀를 기울였다.

"명원군 그 사람이 전해준 얘기에 의하면……."

거기서 김자청은 다시 말을 끊고는 수십 가지 의미가 담
긴 눈길로 상현을 지그시 바라보았다. 술을 마시면 붉어지
지 않고 오히려 창백해지는 백부의 얼굴을 마주하며 상현은
대체 무슨 얘기를 하려는 것인지 궁금했다. 김자청의 입술
이 다시 열린 것은 청주가 담긴 술잔을 한참이나 내려다본
뒤였다. 아무래도 입에 담기가 조심스런 얘기인 듯싶었다.

"지난달에 세자의 탕약에 부자(附子)를 쓴 의관이 곤장을

서른 대나 맞고 장독으로 앓다가 죽은 사건이 있었다."

"부자라면……."

"잘 쓰면 약이지만 잘못 쓰면 곧 독약이지."

부자에 대해서는 상현도 좀 아는 바가 있었다. 어릴 때 냉기가 들어 심하게 배를 앓던 누이가 달여 먹은 약첩에 부자가 들어 있었는데, 약을 달일 때마다 조바심을 치던 어머니의 표정이 어제인 듯 떠올랐다. 그때 주워들은 풍월로, 바꽃의 어린뿌리를 부자라 한다는 것, 열이 많고 맛이 매워 중풍이나 신경통이 심할 때 쓰이지만 독성이 강해 함부로 쓰지 못하는 위험한 약재라는 걸 알았다.

하지 않은 일도 만들어 문제를 삼는 게 궁궐의 일인데, 중풍이 있을 리 없는 세자에게 부자를 썼다는 건 곧 독살을 의미한다는 혐의를 받을 수 있는 일이었다. 비록 의관이 죽기는 했지만 만약 독살에 어떤 식으로든 연루가 되었다면 곧장 서른 대로 넘어갈 일이 아니었다. 역모란 단어가 스치며, 나지도 않은 피비린내가 코끝에 닿았다.

"의관을 문초하는 자리에 명원군이 배석을 했는데, 그 자리에서 명원군은 그것이 의관과는 무관한 사건이라고 확신을 했다더구나."

"의관이 아니라면요?"

"누군가 의관을 이용해 일을 꾸몄으리라 짐작한 거지. 그 얘기를 듣고 보니 내 생각 또한 그러했다. 의관은 곤장에 엉덩이가 찢어지면서도 비명 대신 한사코 자신은 모르는 일이라고 슬프게 울었다는데, 진실로 죄가 없는 사람에게서나 나올 수 있는 행동이더란 게 명원군의 해석이었다."

"그럼, 아까 말씀하신 그 무리가……?"

상현이 잇지 못한 말에 김자청은 입을 앙다문 채로 주위를 살폈다. 자신의 집이었고 자신의 안방이었음에도 그런 모습을 보인 건 조심하는 것 이상의 모습이었다. 그건 상현으로 하여금 심상치 않은 일이 있음에 틀림없다는 생각을 하도록 만들었다. 김자청의 목소리가 더욱 낮아졌다.

"어떤 일은 들추지 않는 것이 좋은 법이고, 자꾸만 들추려고 손이 간다면 자리를 피하는 것이 상책인 법이다."

대체 무얼 들추고, 어떤 자리를 피한다는 건가. 상현은 조바심이 이는 가슴을 누르고, 물음이 비어져 나오려는 입술을 끌어 닫았다. 얘기를 시작했으니 묻지 않아도 대답은 나올 터였다. 그런데 세자와 관련된 일을 백부가 왜 이토록 소상하게 털어놓는지에 대한 의문이 불쑥 일었다. 야심한 시각에 자신을 부른 게 이 때문이었구나 싶은 생각이 일어나면서 궁금증도 더욱 끓어올랐다.

계획

"의관의 단순한 실수였다면 의관이 죽었으니 더 이상의 염려는 없겠지. 하지만 만에 하나 그게 아니라면 백방의 지혜보다는 순리를 따라야 할밖에. 그래서…… 명원군이 날 불러 부탁했구나."

상현은 백부의 눈을 깊이 응시하는 걸로 무슨 부탁이었냐는 물음을 대신했다.

"네가 세자의 벗이 된다면 어떻겠느냐?"

"예?"

느닷없는 물음에 외마디로 되물은 상현의 눈이 튀어나올 듯 부풀었다.

세자의 벗!

자신이 들은 얘기가 믿어지지 않아서이기도 했지만, 뭔지 모를 서늘한 기운이 목덜미에서 일어나 척추를 타고 미골까지 빠르게 번져나갔다. 그건 분명 두려움이었다. 시퍼런 자객의 칼끝이 단도직입 자신의 목을 깊숙이 찌르는 장면이 빠르게 스쳐 갔다. 두려움이 끝나자 생각하고 싶지 않은 의혹이 기다렸다는 듯 뒤따랐다. 그 끝에 왜 상희의 얼굴이 떠올랐다 사라졌는지, 알 수 없었다.

"무슨 뜻인지를 모르겠습니다, 큰아버님."

"말 그대로 네가 세자와 동무가 되는 것이다."

"갑자기 동무라니요. 저더러 궁으로 들어가 세자를 모시라는 거라면……."

김자청의 고개가 가로로 흔들렸다.

"네가 들어가는 것이 아니라 세자가 나온다는 얘기다."

상현의 입술이 다시 벌어졌다.

"나온다면, 어디로 말입니까? 설마, 여기로요?"

"설마가 아니라, 맞다. 여기로."

"여기로요? 세자가 큰아버님 댁으로요?"

김자청의 고개가 이번엔 아래위로 움직였다. 이미 끝낸 얘기인 듯했다.

"너의 생각은 어떠하냐?"

"제 생각이 어찌 중요하겠습니까. 백부님과 명원군 대감께서 그렇게 생각하셨다면 그렇게 따라야 하지 않겠습니까."

생각지도 못한 말이 상현의 입에서 흘러나왔다. 상현이 진짜로 하고 싶은 말은 그와는 정반대였다. "세자가 사가로 나온다는 건 궁궐이 지켜줄 수 있는 최소한의 것조차 포기한다는 것인데 어떻게 그런 일을 도모하신다는 말입니까?" 상현으로선 이 말을 해야 맞았다. 하지만 상현은 자신의 생각이 받아들여지기엔 때를 놓쳤다는 걸 알고 있었다.

"두렵다면, 제가 세자의 말벗이 되기에 부족함이 많다는 것뿐입니다."

상현의 포기는 스스로도 놀랄 만큼 빨랐다. 도리가 없었다. 이미 끝낸 얘기를 뒤집을 위인도, 계제도, 사안도 아니었다. 김자청의 입가에 엷은 미소가 드리워지는 걸 보며 상현은 눈을 질끈 감고 싶었다.

"그냥 말벗이 아니라, 진정 벗이어야 한다."

김자청을 응시하던 상현의 눈동자가 가볍게 흔들렸고, 손끝이 술잔을 더듬었다.

정하여진 일

"마침 세자와 네가 갑장이니 동무가 된다 해서 이상할 게 없지. 명원군이나 나나 임기응변으로 이런 생각을 한 건 아니다. 너의 학문과 마음 그릇을 헤아려 생각한 일이란 걸 잊지 마라. 미리 네게 귀띔을 하지 않은 건 사안이 그만큼 중대하고 은밀한 때문이란 걸, 굳이 설명하지 않아도 알 테지만, 그래도 큰아버지로서 미안하구나."

상현은 고개를 숙이고는 손바닥으로 술잔을 굴리고 또 굴렸다. 동무라…… 친구라…… 벗이라…… 이상할 건 없었다. 그러나 상대가 장차 보위에 오르게 될 사람이었다. 세자로 정식 책봉이 이루어진 것은 아니지만, 권좌에 오를 가능성은 누구보다 높았다. 그런 사람과 동무가 되고 친구가 되고 벗이 된다. 상현의 목구멍은 헛기침조차 새나오지 못할 만큼 꽉 막혔다.

술잔을 넘기지 못한 채 굴리고만 있는 조카를 큰아버지는 또 기다리고 기다렸다. 백부의 말을 거역하지 못해 응답은 했으나 흔쾌하지 않았음을 그는 알고 있었다. 차라리 거역했다면 설득이라도 했을 터였다. 이렇게 쉬이 자신의 청을 받아들인 조카를 백부는 쓸쓸한 눈으로 바라보았다. 머리를 숙인 채 여러 가지 생각들을 하고 있는 조카를 백부는 안타까운 눈으로 지켜보았다.

그러는 동안 방 안에는 적막이 어둠보다 더 깊이 내려앉았다. 능화문살을 드러냈다 지웠다 하며 흔들리던 어유등 불빛도 두 사람의 낮은 숨소리에 귀를 기울이는 듯 꼼짝하지 않았다.

"······"

"······"

이윽고 상현의 고개가 천천히 들렸다. 꽤 긴 시간, 수많은 사념들이 교차한 얼굴이었다.

"아무리 제가 미욱하기로, 세자가 큰아버님께로 오는 것이 어찌 저와 동무를 하기 위해서라고 생각하겠습니까. 가깝게는 세자의 안위를 위한 것이고, 멀게는 종사를 위한 것인데, 어찌 제 뜻이 중요하겠습니까. 다만, 제가 세자에게 말벗이 되는 정도라면 어렵게나마 가능한 일이겠으나, 정작 세자의 곁에 머무는 시간이 많아진다면 제가 마마의 안위까지 감당해야 할 터인데······ 저는 무예는 고사하고 칼이나 활을 잡아 보지조차 못했으니 어찌 세자의 안위를 능히 지킬 수 있겠습니까. 얼마간 말미를 주신다면 이 일에 합당한 사람을 주변에서 찾아보도록 하겠습니다. 충분히 찾을 수 있을 것입니다."

김자청은 조카의 얼굴을 다시 한참이나 바라보았다. 그러다가 희미한 미소가 그의 입가에 어렸다. 그건 미소가 아닐지도 몰랐다.

"그것이 네 뜻이냐?"

"그렇습니다. 저는 이 일에 온당한 인물이 아닙니다."

"곤혹스럽구나."

낮은 한숨이 김자청의 입술 사이로 새어나왔다.

"지금 네 뜻을 명원군에게 전하여 없었던 일로 할 수 있다면 얼마나 좋겠느냐. 세자도 소중하지만 나에게 너는 더 소중한 사람이다. 나 또한 이 일이 너를 위험하게 할 수 있음을 어찌 생각하지 않았겠느냐. 입에 담을 얘기는 아니다만, 억울하게 죽은 의관 꼴이 되지 말라는 법도 없을 것이고…… 하지만 상현아!"

굵은 침 덩어리가 넘어가는 김자청의 목울대가 위아래로 크게 움직였다.

"훗날을 기약한다면, 이것을 네게 찾아온 기회라 생각할 수도 있지 않겠느냐. 그래서 그저 네게 미안하기만 한 것은 아니다. 집이 새는데 밤새 비가 내리는 건 공교로운 일이지만, 집이 새지 않았다면 밤새 비가 내린 줄을 모르지 않았겠느냐. 더구나 새는 곳을 고칠 수 있다면 비가 오는 게 나쁜 일이라 할 수만은 없겠지."

커다랗게 뜨여졌던 상현의 눈이 지그시 감겼다.

옥루편봉연야우(屋漏偏逢連夜雨).

백부의 말이 무엇을 의미하는지, 상현은 모르지 않았다. 하지만 그래서 오히려 속이 편치 않았다. 상현은 소리 없이 콧김을 내뿜었다. 이미 정해진 일이었고, 정해진 그 일을 그에게는 피해 갈 힘이 없었다.

다시 상희의 얼굴이 스치듯 지나갔을 때 상현의 눈이 힘없이 닫혔다. 그럴 것이다. 그 일을 도모하고 있을 것이다.

"큰아버님, 제게 솔직히 말씀을 해주실 수는 없는지요. 상희를 궁궐로 보내려는 마음이 계시다고, 그 마음을 이루시기 위해 저더러 세자의 동무가 되라 하시는 게 아닌지요."

그렇게 말하고 싶었다. 그렇게 말한다고 견뎌낼 수 있을리 없었으나, 그렇게 말하고 싶었다. 그러나 그건 할 수 없는말이었다. 말할 자격이 없었다. 상희에게 하나뿐인 오라비였다. 그녀를 궁궐로 보내는 데 누구보다 앞서야 할 자신이 그걸 막아설 수는 없었다. 그런가? 아니다. 막아야 할 사람이었다. 막을 수 있다면 맨 먼저 막아야 할 사람이었다. 상현은술잔을 집으려던 손길을 슬그머니 거두어 바들거리며 떨리는 오른손을 왼손으로 감싸 쥐곤 낮게, 더 낮게, 한숨을 내쉬었다.

제5장

벌거벗은 몸

칩 거

큰아버지로부터 세자와 벗하며 지내야 한다는 얘기를 듣
고 난 뒤 상현은 그야말로 두문불출, 바깥나들이를 완전히
끊었다. 좀체 방을 나서지 않은 건 물론이고, 뒷간에 다녀오
는 것조차도 하지 않는 듯 드물었다. 밥상도 대개는 들어온
것 그대로 물렸다. 화방(畵房)의 잘 아는 기술자가 매어준 연
습화본에 버드나무를 태워 만든 유탄(柳炭)으로 하릴없이 그
림을 채워 넣는 것이 하는 일의 전부였다.

그러는 동안 백부의 집에 마련한 공부방으로도 가지 않았
다. 몇 번 상희에게서 편지가 왔으나, 답장을 하지 않았다.
상희가 편지 대신 괴석도(怪石圖)를 그려 보내왔을 때, 마음
이 움직였다. 서투른 솜씨였지만 정성이 많이 들어간 그림

이었다. 기이한 모양의 바위에 붙어 있던 석란(石蘭)은 제법 운치도 있었다. 상현은 상희가 그린 괴석도의 여백에 시를 써 돌려보냈다.

若君期不來(약군기불래)
蘭葉枯傷眼(난엽고상안)
情恨滲石心(정한삼석심)
慘憺但香覘(참담단향첨)

약속한 날에 오지 않는다면
난초 잎 말라 눈을 버린 탓이겠지
정과 한 괴석 깊은 곳에 스미었으니
참담히 스러진 향기나 엿볼 수밖에

시를 적어 답장으로 되돌려 보낸 뒤 며칠이 지나도록 상희에게서 소식이 없고 나서야 상현은 비로소 자신이 상희로부터 다시 답이 오기를 간절히 기다렸다는 사실을 깨달았다. 그걸 알고 나자 짙은 한숨이 그의 폐부 깊은 곳에서 비어져 나왔다. 한숨은 끝도 없이 이어졌다. 이어지다 마침내 온몸이 한숨이 되어 스러지는 것 같았다.
'대체 내가 바라는 게 무엇인가.'
그 생각 하나만이 그의 머리와 가슴을 채웠다. 그건 풀리지 않는 화두처럼 몸과 마음을 결박했고, 연기처럼 스러졌다. 자신이 그토록 상희에게 집착하는 것이 남녀지간의 사랑일 리는 없었다. 동생이어서, 친족이어서가 아니었다. 자신에게는 이미 아내가 있어서도 아니었다.

'그럼 무어냐?'

묻고 또 물어도 답이 없다. 이유를 알 수 없었다. 이유를 알 수 없다는 것이 답이 될 수는 없었다. 그러는 사이 서안 (書案)에 수십 권의 책들이 올라왔다가 내려갔다. 책들을 읽고 또 읽었다. 그러나 어떤 현자의 글도, 어떤 뛰어난 문사의 시도, 그에게 답을 주지 못했다. 그 모든 것이 공허한 메아리가 되어 웅웅 귓속을 울리다가 사라질 뿐이었다. 더 이상 붓을 잡을 수가 없었다. 그럴 마음이 생겼다가도 이내 포기했다. 눈을 감으면 벌거벗은 여인의 몸이 아득한 절벽처럼 버티어 섰다.

"그대는 누구인가?"

"이미 아시지 않소. 내가 누구인지."

"그대는 왜 벌거벗은 채로 내 앞에 서 있는가?"

"그 역시 이미 아시지 않소."

"내가 그걸 어찌 안다는 말이오?"

"당신이 벗이라 하지 않았소."

"내가 그대에게 벗이라 했다고?"

"그렇소. 오래전에도 그랬고, 지금도 그랬소."

"내가? 내가…… 그랬다고?"

안타까이 되물었으나 눈을 감으면 나타나는 그 여인은 더 이상 입을 떼지 않았다. 눈물을 흘리는 듯했다.

"그 눈물은 무슨 뜻이오?"

더 이상 여인으로부터 대답은 들려오지 않았다. 시간이 흐를수록 벌거벗은 여인의 모습은 더욱 또렷해졌다. 또렷해지다가, 또렷해지다가, 마침내 햇볕처럼 하얗게 타올라 사라졌다. 며칠 동안 상현은 자리에서 일어나지 못했다.

꿈

물도 마시지 못한 채 자리에 누워 꼼짝하지 못한 며칠 동안, 상현은 참으로 길고 긴 꿈을 꾸었다. 그 꿈은 너무도 선명하고 또렷해서 현실과 구분할 수가 없었다. 긴 꿈에서 빠져나오는 순간, 상현은 말 그대로 번개가 치듯 번쩍하고 눈을 떴다. 모든 것이 명료했다. 묻고 물었던 물음에 답을 얻은 것은 아니었지만, 정답을 찾은 것만큼이나 확연했다.

눈을 떴을 때, 상현의 눈에 맨 처음 들어온 것은 아내의 얼굴이었다. 걱정 어린 표정을 짓고 있었지만, 늘 그렇듯 맑고 고왔다. 상현을 지그시 내려다보는 두 눈은 수정과도 같았다.

"오래 잤지요?"

상현이 물었다. 아내의 입가에 조그맣게 어렸다가 지워진 미소가 대답을 대신했다.

"얼마나 오래 잤습니까?"

"이틀요. 날짜로 치면 사흘이지요."

"그렇게나요? 깨우질 않았어요?"

윤씨가 고개를 저었다.

"몇 번 깨웠지요. 그때마다 깼는데, 금방 다시 잠들었어요."

"아……."

상현이 혀로 입술을 핥았다. 이상하게 목이 마르지 않았다. 상현의 아내는 상현이 이상하게 여기는 게 무엇인지를 아는 듯 다시 입가에 미소를 지었다.

"아무것도 먹지는 않았지만 마르지 않을 만큼 물은 드셨어요."

아내의 말을 듣고 동그랗게 뜬 상현의 눈이 "어떻게요?"라고 묻고 있었다. 그러자 상현의 아내가 두 손을 가만히 뻗어 상현의 양쪽 뺨을 가볍게 쥐고는 가만히 얼굴을 숙였다. 윤 씨의 입술이 상현의 입술에 닿았다. 상현의 두 눈이 스르르 감겼다. 아득한 기억처럼, 오직 기억으로만 남겨진 것처럼, 편하고 편했다. 어쩌면 그때, 꿈을 꾸었을지 모른다. 알 수 없는 여인이, 실오라기 하나 걸치지 않은 채 나타나던.

그늘

자리에서 일어난 뒤, 상현은 어머니에게로 가서 문안을 드렸다. 안방엔 오랜만에 친정 나들이를 온 누이도 앉아 있었다. 매형이 다녀갔을 테고, 다녀간 뒤에 자신의 상태를 누이한테 전했을 것이라고 상현은 짐작했다. 걱정이 일상인 그녀가 하나뿐인 동생이 식음을 전폐하고 자리에 누웠다는 걸 몰라라 할 리 없었다.

상현의 누이 상린(尙璘)은 '상서로운 옥빛'이라는 이름과는 달리 어릴 때부터 얼굴엔 늘 어두운 그림자가 드리워져 있었다. 그래서인지 실제로 느껴질 만큼 몸에서는 차가운 기운이 비어져 나왔다. 매형은 "원래 미인은 차가운 법이야"라고 둘러댔지만, 그게 어줍은 변명에 불과하다는 걸 상현은 모르지 않았다. 그런 말을 직접 듣지는 않았지만 부부 관계도 원만하지 않을 것이었다. 과거시험을 치르지 않겠다고 오래전에 선언했던 매형이 툭하면 글공부를 핑계로 남산 밑 서재로 가는 것도, 거기서 며칠씩을 보내고 내려오는 것도, 불편한 관계를 입증하는 증거였다.

"좀 괜찮니?"

상린이 걱정 가득한 얼굴로 물었다. 상현보다 다섯 살 손위인 상린은 표정이나 말씨나, 하는 행동이나, 상현보다 열다섯 살은 위로 보였다. 몸 상태를 묻고 나서 가만히 다가와 손등으로 상현의 이마를 짚는 것도, 볼을 쓰다듬는 것도, 눈물 가득한 눈으로 바라보는 것도, 이마를 잔뜩 찡그려 파랗게 힘줄이 일어나는 것도, 누이가 아니라 어미였다. 정작 상현의 어머니 청송 심 씨는 그와는 판이했다. 두 해 전에 쉰을 넘기면서 몸이 많이 약해지긴 했지만, 자식들을 대하는

94

것이나 사위인 박호민을 대할 때의 냉정함은 오히려 더 서늘해졌다. 그 서늘함은, 겉으로 보면 상린의 어두움과 비슷한 듯했지만 조금만 안으로 들어가면 하늘과 땅만큼 달랐다. 냉정을 결코 물리지 않는 것이 어머니라면, 상린의 어두운 그늘은 따뜻하고 사려 깊은 성정을 감추는 차양과 같은 것이었다. 언젠가 박호민은 상현에게 "네 누나는 외강내유(外剛內柔)야. 겉으론 차갑지만 속은 더없이 온유해. 안타까운 건, 겉이 자꾸 차가워져서 속의 따뜻함이 점점 드러나기 힘들어진다는 거지. 나도 그건 어쩔 수가 없구나."라고 한 적이 있었는데, 그 말을 들었을 때 상현은 누나와 매형이 모두 안타까웠다.

"걱정할 일이 아니야. 요 며칠 풀지 못한 공부 때문에 밤을 샜다가 한꺼번에 벌충하느라 이틀 꼬박 잔 것뿐이니까, 하하."

부러 웃음까지 터뜨린 상현의 말에 어머니가 "음……" 하며 화를 참는 것인지 신음인지 모를 소리를 냈다. 상린이 슬그머니 어머니의 손을 잡았다. 하지만 거기서 끝낼 어머니가 아니었다.

"풀지 못한 것이 공부라고? 문제가 아니고?"

가벼운 웃음이 상현의 얼굴에 퍼졌다. 또 시작이군요, 하는 말이 그의 얼굴에 담겨 있었다.

"공부란 게 문제를 풀자고 하는 거 아닙니까. 문제가 공부고, 공부가 문제인 거죠."

"그래, 풀었더냐?"

"네."

힘차게 고개를 끄덕인 상현은 얼른 눈길을 누이에게로 돌렸다. 어머니의 말꼬리에 잡히면 한 식경 안에 안방에서 탈출하는 건 꿈도 꾸지 말아야 할 터였다.

"자형은 기송당에 계셔?"

아래위로 끄덕이는 상린의 얼굴에 금방 어둑한 그림자가 드리웠다.

"문제를 제대로 풀었는지 확인할 사람은 자형밖엔 없으니, 얼른 남산엘 다녀와야겠어."

그러곤 상현은 자리에서 벌떡 일어났다. 어머니와 누나가 손을 채 뻗기도 전에 상현은 안방 문을 열었다.

문제의 공부

남산 자락에 있는 박호민의 서재 기송당으로 가는 동안 상현의 머릿속으로 여러 사람이 지나갔다. 하지만 그 사람들 속에 유난히 도드라진 한 사람이 있었다. 얼마 전에 만났던 도화서 화사 정진모였다. 정진모는 거의 사흘을 꼼짝없이 앓아누워 있는 동안 상현이 꾸었던 꿈에서 만난 여러 사람 가운데 한 사람이기도 했다. 어쩌면 모든 사람들이 그 한 사람을 둘러싸고 있는 것일지도 몰랐다.

"……!"

그가 왜 홀로 남는지, 이유를 알 것 같았다.

매형 박호민으로부터 말로만 들어오던 천하의 화사 정진모를 만난 일은 상현에게 수많은 상념을 가져다주었다. 여덟 살 어린 나이 때부터 거의 매일 빠뜨리지 않고 써온 상현의 일기첩에 '유목광풍(幼木狂風:어린 나무에 몰아친 미친 바람)'과 '협구홍수(狹溝洪水:좁은 도랑에 인 홍수)'같은 표현이 등장한 것은 모두가 그날 정진모를 만나고 상현이 받았던 충격을 고스란히 대변하는 것이었다. 그날 술이 떡이 되어 돌아왔지만 한숨도 자지 못한 채 밤을 새운 것도 그 충격의 여파라 하지 않을 수 없었다. 놀랍게도 상현을 몰아친 광풍과 홍수는 쉬 끝나지 않았고, 큰아버지를 만나고 온 이후 사흘을 앓아눕기 전에 이미 비슷한 증세가 파도처럼 상현을 몰아쳤었다. 자주 입맛을 잃었고, 밥상을 앞에 놓고도 수저를 들지 못한 것이 한두 번이 아니었다. 큰아버지와의 밤은 그 정점이었다.

"계곡의 입구를 물기 가득 머금은 붓으로 그리는 것은 여인의 농염한 샅을 표현한 것인데, 거기에 무성한 난초 잎을 그리는 것은 그 샅의 터럭들이 아니고 뭐겠습니까?"

상현이 앓아누웠던 그 밤, 상현의 아내 윤 씨가 들은 잠꼬대였다. 잠꼬대를 한 것도, 그 잠꼬대를 아내가 듣고 있었다는 것도, 물론 상현은 알지 못했다.

잠자리에 들 때 미열이 느껴지긴 했지만 상현의 몸은 불

덩이처럼 달아 있었다. 온통 땀에 젖은 상현의 잠옷을 조심
스레 벗기고 열이 식기를 기다리며 윤 씨는 몇 번이나 고개
를 갸웃거렸는지 모른다. '여인의 농염한 샅'이니 그 '샅의 터
럭'이니 하는 표현 때문이었다. 혼인을 하고 몇 해를 지내는
동안 남녀의 흔한 농담조차 입에 올린 적 없던 남편이었다.
유난히 방사를 밝히는 남자가 아닌 것은 사실이었지만, 그
렇다고 아내를 몰라라 하는 위인도 아니어서 아무리 생각해
도 윤 씨로선 느닷없고 희한한 상현의 야한 잠꼬대를 이해
하기 어려웠다.

　아직 밤에는 서늘한 날씨라 꼭 여며놓은 들창을 반쯤 열
고 다시 이부자리로 돌아왔던 윤 씨는 그 사이 열이 많이 내
린 상현의 몸에 새 잠옷을 입히다가 손끝에 닿는 묵직한 느
낌에 몸을 움찔했다. 그녀의 눈길이 넌지시 상현의 아래로
내려갔고, 달빛이 스러져 사물을 분간하기가 쉽지 않았지만
어둠보다 더 짙은 어둠 한 자락이 남편의 아래쪽 어디쯤에
딱딱하게 일어서 있는 것을 본 것이다.

　"후……."

　윤 씨의 입에서 가볍지 않은 한숨이 새나왔다. 몇 개의 희
한한 장면들이 그녀의 뇌리를 스쳤다. 그 중 몇은 오래전의
것이었고, 한양의 것이 아니었다. 한양으로 시집을 오기 전,
해주의 몇몇 풍광들이 그 장면들 곳곳에 사금파리로 박혀
있었다. 윤 씨는 빠르게 고개를 흔들었다. 그리곤 마치 훤한
대낮이기라도 한 듯 고개를 외면한 채 남편의 아랫도리에

잠옷 바지를 입혔다.

상현이 긴 잠에서 깨어난 날, 미음이 담긴 자그마한 소반을 물리고 난 상현이 웬일인지 아내를 그윽한 눈길로 한참이나 바라보았다. 그렇지 않아도 상현의 아내 윤 씨는 언제쯤 무엇부터 물어야 할지를 속으로 가늠하고 있던 중이었다.

"여보, 지금 내가 뭘 하나 물어보려는데, 오해는 마시오."

상현의 말에 오히려 윤 씨가 뜨끔했다. 자신이 하고 싶은 말을 상현이 그대로 옮겨놓은 듯했기 때문이다. 그녀는 부러 궁금증을 뺀 표정으로 고개를 끄덕였다. 하지만 상현은 쉽게 입을 떼지 못했다. 상현의 아내도 무던히 기다렸다. 긴 침묵이 끝날 때까지 꽤나 오랜 시간이 지나갔다.

이윽고, "당신은 운우첩책을 본 적이 있소?" 하고 상현이 물었다. 교교한 침묵 뒤에 비로소 상현의 입에서 비어져 나온 말을 그러나 윤 씨는 알아듣지 못했다. 운우첩책 – '운우'란 말도 알고 '첩책'이란 말도 모를 리 없는데, 두 말이 합쳐진 것은 도무지 생소했다.

"운우면 구름과 비, 첩책이면 화첩이나 서첩을 말씀하는 건지요?"

아내의 물음에 상현의 고개가 아래위로 끄덕끄덕 움직였다. 운우첩책(雲雨帖冊) – 하지만 윤 씨는 여전히 알 길이 없었다.

"그게 어떤 책인지요?"

상현의 고개가 다시, 가만히, 끄덕였다. 그 고갯짓에는, "모르는구나, 못 보았구나," 하는 뜻이 담겨 있었다.

"그러면…….."

다시 운을 뗐다. 하지만 운만 떼놓고 상현은 또 말을 잇지 못했다. 윤 씨는 입술을 앙다문 채 볼 안에 바람을 넣고는 천천히 코로 숨을 내쉬었다. 대체 이 사람이 무슨 말을 하려는 건가 싶었다. 몇 가지 상상을 해보았지만 집히는 데가 없었다. 기방 출입이 잦은 사람이라면 외도라도 걱정하겠지만, 하고 생각하는 순간, 손위 시누이의 남편, 그러니까 남편의 매형인 박호민의 얼굴이 스쳐 갔다. 그 사람의 얼굴이 스쳐 가자 어림도 없다고 젖혀놓았던 외도라는 단어가 슬그머니 그녀의 뇌리로 들어앉았다. 은밀히 기생집이라도 드나드는 걸까.

"오해하지 말라고 한 걸 보면 좀 곤란한 얘기인가 봅지요?"

더 이상 참기가 힘들어 윤 씨가 먼저 물었다. 어색하게 미소를 짓는 상현의 귓불이 사뭇 발개졌다. 몇 번 큼큼거리다가 상현이 웃음을 거두며 입을 뗐다.

"춘화첩이라면 알겠소?"

춘화첩이란 말이 떨어지는 순간 비로소 윤 씨는 운우첩책이란 말을 들은 적이 있다는 생각이 났다. 듣기만 한 게 아니라 보았었다.

상현에게로 시집을 오기 두어 해 전이었다. 상현의 아내 윤 씨의 부친에겐 홍 집사라는 수족과 같은 사람이 있었다. 그리고 그 홍 집사에겐 장춘이란 아들이 있었는데, 나이는 윤 씨 또래였다. 또렷하게 되살아난 윤 씨의 기억에 장춘이 창고 뒤편 후미진 곳에 숨어서 보고 있던 것이 있었다. 책이

었다. 책이긴 했으나 글이 적힌 여느 책과는 다른, 상현이 말한 첩책이었다.

　부친의 방에서 나와 마당으로 내려서던 윤 씨가 창고 뒤편으로 돌아가던 장춘의 모습이 이상해서 뒤를 밟았는데, 갑자기 나타난 미령을 본 장춘이 황급하게 달아나다 책을 떨어뜨렸다. 그때 그 떠꺼머리 홍장춘이 팽개치고 간 책, 그게 바로 운우첩책, 즉 춘화첩이었다.

윤판술

　상현의 아내 윤 씨에겐 미령(美寧)이란 고운 이름으로 불리던 시절이 있었다.

　황해도 해주 인근에서 윤판술이란 이름 석 자를 모르는 사람은 천하의 바보거나 무지랭이라는 동네 속설에 등장하는 윤판술이 바로 미령의 부친이었다. 왕궁에까지 재담의 능력이 알려질 정도로 유명한 이야기꾼 조찬식이 필생의 역작으로 꼽는 작품이 『꾀쟁이 판술이』이고, 배꼽을 잡다가도 왈칵 울음을 솟구치게 하는 기묘한 이야기의 주인공 판술이가 바로 윤판술이었다. '모르는 사람 빼고는 다 안다'는 이 이야기 속에 등장하는 맹랑한 꼬맹이 아가씨가 윤판술의 무남독녀 외동딸 미령이라는 것도 꽤나 유명한 얘기다. 윤판술의 실제 이야기를 모태로 한 『꾀쟁이 판술이』를 어디까지 믿어야 하는지는 각자가 알아서 할 일이지만, 어쨌거나 이야기를 맥 놓고 듣고 있으면 자연스레 윤판술이 살아온 내력을 꿰뚫게 된다.

미령의 부친 윤판술은 청나라와의 무역으로 큰돈을 번 거상으로, 원래는 성도 없이 장사치 밑에서 허드레 심부름이나 하며 그저 '판술이'라는 이름으로 불리던 돌상놈이었다. 하지만 워낙 성실한데다 영민한 구석도 있어서 장사에 눈이 뜨이자 그야말로 돈이 넝쿨째 굴러들어와 마흔이 되기 전에 해주에서 가장 큰 물목창고를 가진 장사꾼이 되었다. 그러다 어느 결에 윤 씨 성까지 얻어걸렸다. 몰락한 어느 해주 윤씨 가문의 족보를 사들인 덕분이었는데, 윤 아무개 양반이 손수 족보를 싸들고 왔다는 얘기는 제법 믿을 만하다는 게 저간의 통설이었다. 판술이는 그렇게 몰락한 양반이 버린 윤술근(尹述根)이란 이름을 얻었는데, 원래 이름에 성만 갖다 붙인 윤판술로 더 많이 불리었다.

윤판술에게 아쉬운 게 있다면 오직 아들이 없다는 거라고, 다들 수군거렸지만 정작 윤판술에게 그건 해당되지 않는 얘기다. 애초부터 윤판술에게 자식은 그저 자식일 뿐 아들이냐 딸이냐가 중요한 건 아니었다. 어쩌다 자식이 딱 하나뿐이고, 그게 딸이라는 것 - 그 이상도 이하도 아니었다. 윤판술이 미령을 금지옥엽으로 귀하게 아낀 건 어김없는 사실이었지만 무턱대고 오냐오냐 키운 게 아니란 것이 이를 입증한다. 윤판술이 비록 자신의 부를 이용해 족보를 얻어

양반 구실을 하고는 있었으나 그 사실을 숨기려고 발버둥을
치는 것도 아닐뿐더러, 오히려 양반의 괜한 허울 따위는 처
음부터 그에겐 해당 사항이 아니었다. 그러니 하나뿐인 자
식을, 그것도 딸아이를 대하는 그의 태도가 달라야 할 하등
의 이유가 없었다. 이야기꾼 조찬식이 『꾀쟁이 판술이』를 쓴
것도 어쩌면 이런 의미들을 전하려 한 건 아닌지 몰랐다.

　윤판술은 과거시험을 봐야 할 일이 없는 여식아이에게 당
송팔가(唐宋八家)[7]의 문장들을 외게 하는 것도 모자라 포송령
의 『요재지이(聊齋志異)』[8]까지 읽혔다. 또한 어디에다 쓰려는
지 모를 기악을 가르친다고 평양에서 선생까지 모셔와 사
랑채를 지어 머물게 하고, 매일 아침 미령을 불러 산가지를
뽑게 하고는 역경(易經)에 근거해 풀이까지 시키는 일을 하
루도 거르지 않았는데, 금지옥엽과는 확실히 거리가 먼 일
이었다. 이런 기이하고 혹독하다면 혹독한 공부를 끝낸 미
령은 열다섯 살이 되기 전에 그 나이의 여느 대갓집 도령에
부럽지 않은 학덕을 가지게 되었다. 미령이 갖춘 잡술과 예
기(藝妓)의 수준을 놓고 보면 대갓집 도령이 견줄 수 있는 게
아니었다.

---

7) 당나라와 송나라 때 여덟 명의 뛰어난 문장가. 당의 한유 · 유종원, 송의 구
　양수 · 왕안석 · 증공 · 소순 · 소식 · 소철을 이른다.
8) 청나라 초기에 포송령이 지은 당나라 전기(傳奇) 계통의 문어체 소설집으
　로, 여자로 둔갑한 여우가 사람과 사랑하는 이야기, 신선과 이인(異人)의 이
　야기, 사람으로 변한 정령의 이야기와 같은 민간 설화에서 취재한 괴기담
　으로 이루어져 있다. 1679년에 완성해 1765년에 간행했다.

사건

미령이 열여섯 살 되던 해의 어느 날, 윤판술의 뒤통수를 뜨끈하게 만드는 사건 하나가 일어난다.

"새벽녘에 홍 집사 아들 녀석이 네 방에서 나오는 걸 부엌 어멈이 봤다는데, 사실이더냐? 대체 장춘이 그 녀석이 왜 네 방에서 나왔던 거냐? 머리에 피도 안 마른 놈이 다 큰 처자의 방에서 나와야 할 이유가 무엇이더냐? 그것도 새벽에."

뭉그적거리는 것이나 괜히 속으로 고민하면서 시간 보내는 걸 죽기보다 싫어하는 윤판술은 아침절에 하인들이 수군 거리는 걸 듣자마자 곧바로 미령을 안방으로 불렀고, 미령이 방문을 열고 들어서자마자 불길이 화르르 치솟듯 물음부터 던졌다. 고민하는 것 따위를 우습게 알기로는 아버지 못지않았던 미령은 둘러대고 말고 할 게 없었다.

"장춘이 그 녀석한테 은밀히 시킬 일이 있어서 불렀지요."

"은밀히? 네가 장춘이 그 녀석한테, 은밀히?"

"네. 은밀히요."

"헛!"

"그리고 아버님, 장춘이는 비록 집사의 아들이지만 공부를 가르치면 무얼 시켜도 능히 해낼 사내라는 게 제 생각입니다. 상투만 틀지 않았을 뿐, 머리에 피가 안 마른 아이도 아니고요. 허락만 하신다면 제가 가르쳐도 되고요."

"허헛!"

104

무슨 생각을 한 것인지 윤판술은 크게 헛바람을 내뿜고는 고개를, 눈에 넣어본 적도 없고 넣으려 생각해본 적도 없지만 눈에 넣어도 아프지 않을 귀하고 예쁜 딸에게로, 쑥, 내밀었다.

"그래, 공부는 가르치든 말든 상관 않겠다만, 은밀하게 시킬 일이었다는 게 대체 무엇이었더냐?"

윤판술의 목소리는 그답지 않게 한껏 낮았다. 마치 누가 듣고 있기라도 한 듯이나. 하지만 아버지와는 달리 딸의 목소리는 안방 문창호지를 뚫어버릴 듯 강하고 당찼다.

"춘화첩을 구해오라고 했습니다."

굽힘이라곤 보이지 않는 미령의 말에 윤판술의 수염 끝이 화르르 떨렸다.

"지금, 지금, 뭐라 그랬느냐? 춘화첩이라고 그랬느냐?"

"네, 아버님. 춘화첩, 춘화첩이라 했습니다."

듣고도 믿어지지 않는 듯 윤판술은 오른쪽 검지로 자신의 귀를 후볐다.

"춘화첩이란 말이지. 음……."

윤판술은 밥을 먹다 쥐똥을 씹은 표정이었지만, 기이하게도 미령의 표정엔 변화가 없었다. 윤판술은 열여섯 살 곱디고운 딸아이의 해맑은 얼굴이 문득 낯설었다. 남자의 몸을 알지 못하는 여자애가 춘화첩이라니, 군밤에서 싹이 날 일이었다. 윤판술은 미령의 말을 곧이들을 수가 없었다. 장춘이란 녀석과의 사이에 무슨 일이 있었을지 모른다는 생각을 애써 누르며 윤판술은 굵은 침 덩이를 삼켰다.

"장춘이 녀석한테 춘화첩을 구해오라 시켰다? 네가? 그래서, 춘화첩을 구해왔더냐?"

"네."

"뭔 권이냐?"

"모두 다섯 권이었습니다."

윤판술의 입이 주먹 하나는 들어갈 만큼 쩍 벌어졌다.

"어디서 구해왔다고 하더냐? 아니다, 하필이면 왜 새벽녘에 갖다 주었더냐?"

"제가 그렇게 일렀지요."

"새벽에 가지고 오라고?"

"예."

"왜?"

"왠지 그래야 할 것 같아서요."

윤판술은 생각 같아선 크게 한번 웃고 싶었다.

"자, 그렇다 치고, 네게 대체 춘화첩의 용도가 무엇이었더냐?"

아버지의 물음에 미령도 이번엔 잠시 뜸을 들였다. 춘화첩이 자신에게 무슨 용도가 있었을까 ─ 특별히 거기에 대해 생각해본 적이 없었던 것이다.

"그냥 한번 보고 싶었습니다."

미령의 대답에 윤판술은 하마터면 웃음을 터뜨릴 뻔했다.

"그냥? 그냥이라고?"

윤판술은 손바닥으로 수염을 슬슬 문질렀다. 그리곤 딸의 눈을 그윽하게 바라보았다. 아무리 봐도 순진함밖에는 보이지 않았다. 그러나 춘화첩은 그런 순진함과는 도무지 어울리지 않는 물건이었다. 굳이 연결을 짓자면 미령이 방금 대답한 "그냥 한번 보고 싶었다"밖에는 이유가 없었다.

"그냥 보고 싶었다…… 그래, 그렇다 치고, 춘화첩이 있는 줄은 대체 어찌 알았을꼬?"

"낮에 창고 근처에서 장춘이가 보고 있는 걸 봤지요."

미령의 대답에는 조금의 주저도 없었다. 그런 태도는 판술을 먹고 토해놓은 것과 같았다. 포악하기 그지없는 부두 상인으로부터 장사를 배우기 시작했을 때 판술의 나이는 채 열 살이 되질 않았는데, 그때도 당차기가 지금에 못하지 않았다. "장사꾼에게 무엇보다 필요한 것은 상대의 의중이니, 눈치를 잘 살펴야 하고, 허점이 찾아지면 제대로 찔러야 한다"라는 가르침이 왔을 때 그는 고개를 저었다. 세상이 말하는 눈치란 그에겐 뭉그적거리며 탐색하는 것 이상이 아니었다. 그런 식으로라면 장사꾼이 될 수는 있겠으나 거상이 될 수는 없다는 게 그의 생각이었다. 그런 성정은 장사를 배우면서 생겨난 것이기보다는 타고난 것이라 해야 옳았는데, 자신의 딸 미령이 그걸 그대로 빼다 박은 것이었다.

"그러니까, 낮에 장춘이 녀석이 춘화집을 보고 있었는데, 그걸 우리 귀엽고 참하고 순진하기 이를 데 없는 따님께서 보셨다? 한번 보고 나니 다른 걸 또 보고 싶어져서 녀석에게 가져오라 시켰다? 그런데 아무래도 사람들 눈이 있으니 새벽녘에 은밀히 갖고 오라 그랬다?"

그제야 감이 좀 잡히는지 윤판술의 오른손이 두어 번 무릎을 두드렸다. 이번엔 미령도 대꾸를 하지 않았다. 생각 같아서는 아버지의 말 가운데 '귀엽고 참하고 순진하기 이를 데 없는'이라는 수식어에 대해 불만을 표하고 싶었지만, 입을 다물기로 했다. 아무리 딸이라도 그런 식으로 표현하는 건 옳지 않다는 것이 미령의 생각이었다. 누군가를 함부로 재단하는 것은 그 사람을 억압하는 것이다 – 그녀가 읽었던 당송팔가문 가운데 나오는 글이기도 했다. 사실, 미령이 어느 정도의 학문을 이루었는지, 그녀가 어떤 사고방식을 가졌는지에 대해서는 윤판술이 안다고 할 수 없었다. 더구나 미령의 직설적인 성격이 학문을 통해 얼마나 유연하고 넓어졌는지에 대해서는 윤판술로서는 짐작조차 할 수 없을 터였다. 만약 미령이 외우고 있는 한유(韓愈)의 글들 가운데 한 구절만 읊어준다면, 윤판술도 그녀를 이해할 수 있었을 텐데, 불행인지 다행인지, 그럴 계제는 생기지 않았다. 미령이 읽으며 크게 고개를 끄덕였던 한유의 글은, 가령, 이런 거였다.

吾師道也(오사도야)

夫庸知其年之(부용지기년지)

先後生於吾乎(선후생어오호)?

도를 내 스승으로 삼는데
어찌 그 사람의 나이를 가려
나보다 많다 적다를 따질 것인가?

是故無貴無賤(시고무귀무천)
無長無少(무장무소)
道之所存(도지소존)
師之所存也(사지소존야)

하여, 신분의 귀함과 천함이든
나이가 많고 적음이든 따질 필요 없이
그저 도가 있는 곳에
스승이 있게 되는 것일 뿐

이후로 미령과 윤판술 사이에 꽤 긴 시간이 지나갔다. 그 긴 시간 사이에 많은 이야기들이 오고 갔다. 참으로 기이한 것은 두 사람이 나눈 이야기란 게 여느 집 부녀지간에 나눌 수 있는 것이라고 도무지 봐줄 수가 없다는 사실이었다. 기실 더 놀라운 것은 볼 것 없는 신분으로 태어나 오로지 장사에만 매달려온 윤판술과 저 아득한 고전의 세계를 시작으로 어지간한 당대의 문집까지 구할 수 있는 건 다 훑어본 미령 사이에 그토록 오랜 시간의 논변이 어떻게 가능할 수 있었는가 하는 거였다. 그걸 만약 알게 된다면 윤판술이 한낱 장사치에 그칠 위인이 아니란 것과 그의 딸 미령이 한낱 어린 처자에 불과하지 않다는 것의 진상을 알 수 있는데, 부족하나마 그걸 엿볼 수 있는 것이 바로 조찬식이란 이야기꾼이 필생의 명저라 자찬하는 『꾀쟁이 판술이』라 하겠다.

춘화첩

잠깐 옛 기억에 빠져들었던 윤 씨가 이런저런 상념으로부터 빠져나온 것은, 앞서 물은 것과 비슷한 걸 상현이 다시 물어왔을 때였다.

"춘화첩이란 말은 들어보셨지요?"

윤 씨는 얼른 대답하지 않았다. 결혼하기 전이었다면, 아니 남편이 김상현이라는 사람만 아니었다면, 대답을 미룰 일은 아니었다. 미령이라는 이름으로 불리던 시절의 그녀였다면 "네, 봤습니다. 혼사를 치르기 전에 벌써 꽤 많이 보았지요,"라고 말했을 터였다. 하지만 그렇게 말하고 싶지 않았다. 말할 수가 없다고 해야 옳았다.

그런데 윤 씨는 고민했다. 그냥 모른다고 해버리면 더 이상 얘기가 이어지지 않을 것이다. 그리되면 간밤에 그녀가 들었던 남편의 잠꼬대는 어떤 연유에서 생겨난 것인지 영영 묻혀버릴 터였다. 그런 생각들에 사로잡혀 있는 동안 윤 씨의 묵묵부답이 길어졌다.

윤 씨가 대답을 못하고 있는 사이 상현은 상현대로 생각의 실타래가 자꾸 꼬이는 걸 느꼈다. 괜한 얘기를 시작했다는 자책이 일다가, 궁금한 걸 알아보려면 하는 수 없지 않느냐는 당연한 생각이 자책을 밀쳐냈다. 그러다가 다시 녹우재 푸른 숲과 상희가 떠오르고, 그러다 보면 어느새 정진모가 그린 '운우첩책'이 눈앞을 가렸다. 그리곤 어느 순간, 소스라치며 놀라듯, 아내 윤 씨의 몇몇 모습들이 마치 각인되듯 떠올랐다.

상현은 다짐이라도 하듯 입술에 힘을 주었다. 하지만 입은 쉽게 떨어지지 않았다. 그때 낮지만 끈끈한 윤 씨의 목소리가 굳게 다물었던 연홍빛 입술 사이로 흘러나왔다.

"비슷한 말은 들어본 듯한데, 무엇인지 기억나는 건 없습니다. 당신이 설명을 해주면 되지 않는지요?"

넘겨짚듯 넌지시 던진 윤 씨의 말에, 힘이 잔뜩 들어가 있던 상현의 입술이 풀어진 듯했다. 알지 못하니 설명을 해달라 ─ 당연한 물음이었다. 가볍게 고개를 끄덕였지만 상현은 짐짓 윤 씨의 눈길을 피해 방바닥에다 시선을 놓았다. 초롱한 그녀의 눈을 바라보며 얘기하는 건 쉬운 일이 아니었다.

"운우첩책이니 운우도첩이라 부르는 것은, 보통 단원 선생의 화첩으로 전해지는데, 직접 본 사람들은 많이 없지요……."

그렇게 얘기를 시작한 상현은 말더듬이라도 된 듯 말을 끊었다 이었다를 반복하며 겨우겨우 이야기를 풀어나갔다. 말

잘하는 사람이 말을 아껴 오히려 말을 더듬는 것처럼 보이는 '대변여눌(大辯如訥)'이란 표현이 상현의 지금에 딱 맞았다. 윤 씨는 남편의 말에 일절 대꾸를 하지 않았다. 대꾸는커녕 고갯짓조차 하지 않은 채 그녀는 상현의 말을 끝까지 들었다.

그녀는 단원과 혜원 같은 알만한 화가들의 이름이 나올 때는 절로 입이 벌어지려 했지만 남편의 반듯한 상투 꼭지를 부여잡듯 노려보고는 미동도 하지 않았다. 한참을 에두르다 일단락을 맺는가 싶었던 이야기가 막바지 한 굽이를 더 돌았다 싶을 즈음, 비로소 상현의 고개가 올라갔다. 방바닥에 붙박여 있던 시선도 아내의 눈을 삼킬 듯 응시했다. 큰 다짐 하나를 남기려는 사람의 그것이 분명했다.

"내가, 그 첩책을 한 번…… 만들어보려 합니다."

그의 말에 서린 결기만으로 보자면 무슨 선언이나 맹세와 다르지 않았다. 힘이 가득 실린 상현의 말이 떨어지고 났을 때, 두 사람 사이에 잠시 침묵이 흘렀다. 낮지만 끈끈한 호흡들이 몇 순배나 돌고 난 뒤, 윤 씨의 입술이 가만히 벌어졌다.

"서방님께서, 춘화첩책을……요."

물음

윤 씨는 자신의 입에서 나온 말이 매우 침착하다는 것에 오히려 놀랐다. 에두르고 에두른 남편의 말은 결국 스스로 춘화첩의 작자가 되겠다는 거였다. 그러지 못할 것은 없었다. 남편이 그린 그림들을 보고 그 정묘하고 치밀한 필치에 탄복한 것이 한두 번이 아니었다. 뒷뜨락의 꽃들, 꽃들에 앉은 벌과 나비, 바자울 사이사이에 돋은 풀들, 풀들 위에 사뿐히 내려앉은 온갖 벌레들 — 얼핏만 보아도 여느 초충도와 달랐다. 정밀하고 치밀한 묘사 속으로 한발을 들여놓으면 꽃과 풀과 벌레들에도 표정이 있다는 게 느껴질 정도였다. 그런 그가 춘화첩을 그린다?

윤 씨는 조그만 주먹을 꼭 쥐었다.

"서방님께서 그걸, 그러니까 운우첩책을 그리려는 이유가 무언지……물어도 되겠는지요?"

아내의 조심스런 물음에 상현의 입술 끝이 살짝 떨렸다. 이어 뜨거운 콧김이 콧구멍을 빠져나왔다.

"내가 내 입으로 그 이유를 말하면, 그건 당신을 설득하는 게 될 듯합니다. 대답 대신 이렇게 물어보리다. 당신은 내가 왜 춘화첩을 만들려 하는 것 같습니까?"

윤 씨의 미간이 가늘게 좁혀졌다 풀렸고, 입술 사이로 분홍색 혀끝이 새순처럼 보였다가 사라졌다.

"그렇게 묻는 의도를 짐작하지 못하는 건 아니지만, 솔직하게 말하자면, 제가 당신의 속마음을 어찌 알겠습니까."

둘 사이에 다시 교교한 침묵이 흘렀다.

상현은 아내의 말에 답을 하지 않았다. 아내의 대답을 듣지 않는다면 자신이 생각하고 있는 걸 말할 수 없다는 걸 그는 잘 알고 있었다. 그래서 기다려야 했다. 그러는 동안 윤 씨는 윤 씨 대로 혼란스런 머릿속을 정리하고 있었다. 상현은 신중한 남자다. 자신보다 세 살이나 어렸지만 서른 살은 더 먹은 사람처럼 느껴질 때가 있었다. 학문이 높다거나 생각이 고매해서가 아니었다. 그가 가진 정중함은 스물둘이란 나이가 가질 수 있는 정중함이 아니었다. 사실 그건 결혼을 하고 얼마 되지 않은, 아직 스물이 되기 전의 상현에게서 이미 느낀 것이었다. 약관의 뜨거움을 고스란히 가지고 있으면서도 어떻게 그런 정중함을 가질 수 있는지, 때로는 귀신과 함께 사는 것 같은 느낌이 들 때가 있었다. 그런 남자가, 지금, 자신에게 묻고 있었다. 내가 무슨 생각을 하고 있는지 말해볼 수 있냐고. 윤 씨는 더 이상 생각에만 잠겨 있을 수가 없었다. 하는 수 없다. 내 생각을 말하는 수밖에.

"서방님은 그림을 잘 그립니다."

비로소 상현의 고개가 가볍게 끄덕이기 시작했다. 윤 씨는 남편의 반짝이는 눈동자를 응시하며 말을 이었다.

욕망

"서방님은 그림 그리기를 좋아합니다."

윤 씨는 숨을 삼켰다가 내쉬었다. 왜 이리 떨리지, 하는 생각이 들었다. 그러나 말을 멈추지도, 머뭇거리지도 않았다.

"운우도첩도 그림이고, 그걸 그리겠다는 생각에 달리 무슨 다른 이유가 있겠습니까."

윤 씨의 대답은 명료했다. 그러나 그 명료한 대답이, 문득, 상현은 의심스러웠다. 까닭은, 알 듯 말 듯했다. 아내의 말에 진심이 얼마나 담겨 있을까? 짐작하기 힘든 물음을 스스로에게 던졌으나 역시 답은 쉽지 않았다. 아내가 한 것은 틀린 말이 아니었다. 운우첩책 속의 몽롱지화(朦朧之畵)들도 그림인데, 그림을 그리는 사람으로 못 그릴 이유가 어디 있는가. 하지만 그 말에 아내의 진심이 그대로 옮겨져 있다는 생각은 들지 않았다. 춘화도 역시 그림이긴 하나, 여느 그림과 다르다. 산과 강, 벌과 나비, 국화와 대나무, 기병과 절지, 그 어떤 것도 남녀의 운우에 버금갈 수는 없었다. 산과 강과 벌과 나비도, 매난국죽도, 기병절지도, 어떻게 그리느냐에 따라 때로 분탕(焚蕩)일 수 있다. 하지만 남녀의 합사(合事)를 그려놓은 그림은 그 자체로 분탕이다. 그런 그림을 그리는 자도, 그런 그림을 구입하는 자도, 마찬가지다. 그들은 분탕을 즐기는 것이다. 아무리 고매한 생각을 품고 있다 해도, 분탕으로부터 자유로울 순 없다. 분탕은 곧 욕망이고, 욕망을 고매하다고 하는 건 어줍은 변명에 불과하다. 물론, 춘화도를 그려 첩책으로 묶으려 하는 상현의 진짜 속마음에는 분탕한 욕망만이 있지 않았다. 그걸 상현은 굳게 믿었다. 그러나 자신의 믿음을 설명할 수 있는 말은 이 세상에 없었다. 속마음을 꺼내 보여줄 수 없다면, 자신이 믿고 있는 '다름'은 또한 변명에 불과할 것이다. 그런데 그걸 그리겠다는 남편에게 아내는 얘기했다. 그냥 그림이니 얼마든 그릴 수 있는 거라고.

상현은 고개를 가만히 흔들었다. 뭔지 모르나, 완강한 부정이 그의 몸을 얼어붙게 만들었다.

제6장

정결한 음란

감별

　입하(立夏)가 지나면서 느물느물 밀려들어 등줄기에 땀깨
나 배게 만들던 낮의 더위가 소만(小滿)에 이르자 기승을 부
릴 준비를 하기 시작했다. 거리를 오가는 사람들의 손에 쥘
부채가 들려 있거나 성질 급한 선머슴의 바짓단이 무릎 위
까지 걷힌 것도 심심찮게 볼 수 있는 때였다. 물동이를 이고
가는 여인네의 좁은 적삼 밖으로 언뜻언뜻 뽀얀 젖퉁이 드
러나는 것도 이 무렵의 일이고, 덕분에 코밑이 가무스름하
게 물들어가는 사내아이들이 유난히 가자미눈이 되는 것 또
한 계절이 넘어가는 순리와 무관하지 않다.

　"올여름도 어지간히 찔 듯싶군."

　"그러게 말이야. 이쯤 되면 비가 좀 와줘야 하는데."

"안 와도 너무 안 와. 삼남엔 벌써 흉년 얘기가 돈다더만."

"임금이 검약해서 하늘이 마음을 움직일 만한데…… 쯧쯧."

햇볕이 쨍쨍하게 내리쬐는 하늘을 원수 보듯 올려다보는 사람들의 험한 눈길이 늘어나도 하늘은 그저 구름 한 점 없는 말간 얼굴일 뿐이다. 그 하늘만 보면 찌는 더위는 아니더라도 여름이 아니라고 할 수도 없었다.

하지만 명동 버티고개만 넘어서면 해가 중천을 넘어간 시각에도 기세는 사뭇 달라진다. 남산 산그늘에서 비어져 나온 바람에 열기는 서늘하게 누그러지고 오히려 목사래를 큼큼거려야 할 만큼 한기가 끼친다. 성긴 숲, 조밀한 숲, 몇 개의 숲을 지나 기송당에 이를 즈음이면 계절이 여름에 들어섰는지 매화가 피어나는 이른 봄으로 돌아간 건지 헷갈릴 지경이다.

기송당으로 오르는 길이 오늘따라 박호민에겐 유난히 빡빡했다. 걸음을 옮길 때마다 술에 잔뜩 취하기라도 한 듯 길이 잘 보이지 않을 정도로 어질어질했다. 몇 번이나 도리질을 해도 쉬 또렷해지지가 않는 건 화첩 고르는 일로 며칠째 날밤을 새운 까닭이었다. 하지만 그렇다 해도 정도가 좀 심했다. 다른 까닭이 조금은 더 있을 것 같았다. 결국 화첩 안의 그림들에서 진짜 까닭을 찾을 도리밖에 없었다.

이레쯤 전, 그에게 전해진 화첩들은 보통 것들이 아니었다. 거래를 원하는 화상들이 건네준 춘화첩들이었다. 그것들이 그의 손에 건네진 것은 그대로 박호민의 위상을 말해주었다. 그의 손과 눈을 거쳐야 할 이유가 있었던 것이다. 그린 작자가 유명하다면 그 작자의 것이 맞는지를 간별 해달라는 것이고, 무명이면 그림의 솜씨를 헤아려 얼마를 받아야 마땅한지 그 값을 매겨달라는 것이었다.

조선에서 그 일을 할 수 있는 사람은 손가락으로 꼽을 정도였다. 그 가운데 박호민에게 유난히 화상들이 몰리는 이유는 딱 하나였다. 유별하게 굴지 않는다는 것. 그렇다고 박호민이 일을 허투루 하는 사람이었다면 애초에 그런 청탁이 왔을 리 만무였다. 꼼꼼하고 세세하기로는 춘화 간별에 관한 한 맨 앞에 있다고 해도 과장이 아니었다. 춘화라면 무엇이라도 마다하지 않는다는 게 화상들이 박호민을 장악원 다방으로 불러내는 진짜 이유였다.

물건

박호민에게 건네지는 춘화첩들이 고스란히 상현에게로 넘어온 것은 벌써 여러 해 된 일이다. 상현의 안목이 자신보다 더 믿을 만하다고 여긴 박호민이 은근히 상현을 끌어들인 것이다.

상현에게 넘어온 그림들은 제법 손때가 묻은 것들도 있고, 막 배접을 해 종이에서 풀냄새가 날 정도의 새것들도 있었다. 하지만 세월을 탄 것이든 온전히 새것이든 그 안에 담긴 건 다를 바가 없었다. 그것들은 하나같이 밀치고 당기고 끌고 좇고 내빼고 휘몰고 지르고 붓고 쏟는, 양물과 음물의 요동이었다. 양과 음의 고요하지만 고요 안에 온갖 소리들이 쌓이고 쌓여 잠잠하면서도 더없이 강렬한 진동이 종이마다 축축하게 배어 있는 물건이었다. 그 물건들을 볼 때마다 상현의 손끝이 보일 듯 말 듯 꿈틀거린 것은 어쩌면 그 진동 때문이었을지 모른다. 생각해보면 춘화도가 아닌 그림에서도 그는 그런 진동을 경험한 적이 있었다. 막 피어나려는 순간의 꽃을 그리려 할 때였다. 붓을 쥔 그의 손끝이 분명 그렇게 꿈틀거렸던 것이다. 판이하게 다른 두 그림이 동시에 가진 꿈틀거림의 정체는 무엇일까? 그 물음은 쉽게 답을 허락하지 않았다.

춘화첩을 감별하는 일에 관한 한 가장 윗자리를 다투는 매형 덕분에 남녀가 벌이는 동양 삼국의 '진경'들을 볼만큼 봤다고 자부하는 상현이었지만, 지금 그의 앞에 펼쳐진 춘화첩의 농밀함과 흐벅짐은 마치 꿀에다 꿀을 더하고 더해 마침내 쓰디쓴 맛으로 변해버린 것과 같았다. 하지만 그 쓰디쓴 맛은 달콤함을 능가했다.

"완물상지라 했거늘……."

상현은 현기증이 이는 머리를 힘껏 한번 내젓고는 피식 웃었다. 그가 혼잣말로 중얼거린 완물상지(玩物喪志)는, 사물에 마음이 쏠려 절조를 잃는다는 뜻이다. 옛 중국 주나라, 임금을 가장 가까이에서 보필하던 소공석(召公奭)이 무왕(武王)

122

에게 간언을 했다. 사람을 함부로 다루면 덕을 잃고, 물건을 함부로 다루면 뜻을 잃사옵니다. 틀린 말이 아니었다. 하지만, 틀린 말이 아니라고 늘 옳은 말인 것도 아니다. 상현의 생각이었다. 사람의 진짜 마음을 알기 위해서는 그 사람의 속을 헤집어야 할 때가 있다. 적당히 아는 것으로는 누구를 안다고 할 수가 없다. 그러나 그러다 보면 사람을 함부로 다룬다는 오해를 받을 수도 있다.

물건도 다를 리 없었다. 보이는 것만을 본다면 다 본 것이 아니다. 행간에 숨겨진 작자의 진의를 캐내는 게 진짜 독서라면, 그림을 제대로 감상하는 것은 구도와 색채 너머를 보는 것이다. 그리고 선과 색의 갈피에 숨겨진 것을 보아야 한다. 그것을 볼 줄 알아야 걸작진품을 베낀 것인지, 스스로 걸작진품을 생산한 것인지를 알 수 있다. 작자마다 그림의 실력은 천차만별이다. 하지만 제대로 그릴 줄 아는 작자들의 그것에는 차이라고 할 수 없는, 오직 다름만이 존재할 뿐이다. 그 다름을 오로지 제 것으로 드러내려는 작자가 있고, 제 것을 가지는 게 버거워 남의 걸 빌려 오는 데 급급한 작자들이 있다. 박호민은 그 둘을 구별해내는 데 탁월한 안목을 갖고 있었고, 이제 그런 일을 상현에게 맡겼다. "보는 눈만 가지고는 안 될 때가 있지. 그릴 줄 아는 사람만이 볼 수 있는 게 따로 있어." 상현에게 그림의 감별을 맡기며 박호민이 한 말이었다.

소나무 한 그루 없는

  그 시간, 박호민은 부지런히 길을 재촉하고 있었다.
물론 기송당으로 가는 길이었다. 새벽녘에 잠깐 쪽잠
을 잔 게 전부였던 그는 평편한 바위라도 있으면 드러
눕고 싶은 심정이었다. 하지만 한 손으로는 아내가 보
자기에 싸준 음식 찬합을 떨어뜨리지 않으려고 바짝 그
러쥐고 반대편 손으로는 갓끈 아래 맺혔다가 빠르게 식
어가는 땀방울을 닦아내며 오르막 산길을 쉬지 않고 걸
었다. 걸음은 그의 바쁜 마음을 고스란히 대변했다.
  기송당으로 오르다가 팔에 똑같이 토시를 한 두 남자를
만나 잠깐 인사를 나누었다. 〈성시전도(城市全圖)〉의 밑그림
을 맡은 도화서 하급 화원들이었다. 두 사람은 모두 도화서
화사를 지낸 정진모와 가까운 사이였고, 그의 집이 있는 명
례방(明禮坊)에서 도화서가 지척이라 자주 드나든 덕분에 아
는 얼굴이기도 했다. 화원들 대부분은 그렇게 아는 사이들
이었다.
  화원 둘은 박호민에게 정중했다.
  "얼마 전 직장어른이 중국의 진적들을 많이 보여주셨는
데, 모두가 서암께서 구해온 것들이라 하더군요."
  직장어른은 정진모를, 서암은 박호민을 가리켰다.
  "아하, 제가 그릴 줄은 몰라도 보는 눈은 좀 있지 않소이
까, 흐흐."

박호민은 손사래를 치며 겸손을 떨었다.

"나중에 댁으로 찾아뵙고 공부 좀 할 수 있길 청합니다."

"왜 이러세요. 저는 한갓 서생입니다. 그림에 관한 한 제가 그대들에게 배워야지요."

"들은 얘기들이 많으니 사양하지 마십시오."

"뭔 얘기들을 들었는지 모르겠지만, 저한테 와서 그림공부를 시켜주겠다 하면 얼마든 환영입니다. 저는 이만, 줄행랑을 치렵니다."

신분이 다른데도 절대 하대하는 법이 없는 박호민에게 두 화원은 다시 공손히 두 손을 모으고 머리를 숙였다.

"산책하기엔 제법 더운 날씬데, 살펴 가십시오."

"네, 일들 보시고 내려가세요."

화원들과 헤어져 천여 보를 더 걸어 오르자, 소나무가 촘촘한 숲이 끝나고 굽잇길이 나타났다. 그즈음에서 거짓말처럼 소나무가 한 그루도 없는 둔덕이 나타났다. 이곳에 다다를 때마다 박호민은 매번, 처음 보았을 때와 이상할 정도로 똑같이 느꼈다. '소나무를 피하다'란 뜻의 기송(忌松)을 당호로 붙일 만큼 그 첫 느낌은 강렬한 것이어서 술에 잔뜩 취해질 대신 기송당을 찾을 때에도 그 기이한 감회는 비수처럼 옆구리를 파고들었다. 그럴 때면 또 관자놀이가 뜨끈해지고 술기운이 일거에 달아나곤 했다.

'누가 소나무를 부러 베어낸 건가?'

몇 번 그런 생각을 했지만 일부러 소나무들을 베어낼 이

유가 있을까란 생각에 이르면 괜한 상상에 불과하다는 결론
에 도달할 뿐이었다. 하지만 소나무가 한 그루도 없는 숲은
사방 오백 자[尺] 어름의 공간을 뚝 잘라놓은 듯해서 정말 누
군가가 못된 심보로, 혹은 뭔가 그럴만한 이유가 있어 소나
무들을 베어버린 것도 같았다.

어쨌거나, 남산 숲에 초가 한 채를 지을 생각을 한 건 참
쓸 만했다는, 기송당을 들어설 때마다 늘 하는 또 다른 사념
하나를 떠올리며 박호민은 싸리울 안으로 들어섰다. 들어서
기 바쁘게 댓돌 위에 놓인 갓신이 눈에 들어왔다.

천재의 재능

박호민이 마당으로 들어서는 기척을 느꼈는지 상현이 방
문 앞에 드리운 발을 밀치며 얼굴을 빠끔히 내밀었다. 박호
민은 젊은이의 얼굴에 아지랑이처럼 우울의 기미가 피어오
르는 걸 놓치지 않았다.

"요기는 좀 했어?"

상현의 얼굴에 왜 우울이 아지랑이로 피어오르지 이유를
모르지 않았다. 그는 툇마루에 찬합보따리를 내려놓고는 서
두르듯 매듭을 풀었다. 아직 아무것도 먹지 않았을 거였다.
술 한 모금 입에 넣지 않고 밤을 새웠을 것이다. 작업에 들어
가면 술은커녕 곡기까지 끊는 게 상현의 버릇이었다.

슬쩍 방 안으로 건너가는 박호민의 눈길이 바닥에 깔린 화선지들로 잡아끌리듯 움직였다. 푸른색 저고리 위쪽이 팔뚝 아래로 내려와 어깨를 드러내고 있는, 홍조가 엷게 핀 여인의 살결을 보는 순간 박호민은 주책없이 침을 꿀꺽 삼켰다.

"그대 누나가 바리바리 싸주었으니 어서 빈 배부터 채워."

방 안의 그림들은 짐짓 모른 척한 채 박호민이 부러 활달한 목소리를 내려놓았다. 그리곤 찬합 뚜껑을 벗겼다. 산해진미까지는 아니지만 어지간히 배가 불러도 손이 가지 않을 수 없을 만한 먹을거리들이 자태를 드러냈다. 먹물이 묻은 손가락으로 호박전을 집어 입으로 가져가다 말고 상현이 박호민을 물끄러미 바라보았다. 금세 눈물이라도 터뜨릴 것 같은 슬픈 눈이었다. 외면하고 싶었지만 피할 수가 없었다.

'못 말릴 애상이야.'

말조차 하지 못하는 젊은 남자의 얼굴을 마주하며 박호민은 마른 침을 삼켰다. 그리곤 천천히 고개를 끄덕끄덕 움직였다. 상현의 집으로 장가를 들어오고 얼마 되지 않던, 십 년 가까이 전의 어느 하루가 뇌리를 스쳤다. 장모의 청으로 상현의 글공부를 도와주던 박호민은 그날, 『통감(通鑑)』[9]을 밀쳐놓고 종이를 펴게 했었다. 종이를 펴게 했을 때 그가 생각

---

9) 송나라 때 사마광이 펴낸 중국의 편년체 역사서인 『자치통감(資治通鑑)』을 강지(江贄)가 요약한 책. 역시 편년체로 되어 있으며, 우리나라에서는 조선 초기부터 문장을 배우는 교재로 널리 쓰였다.

한 것은 과거시험에서 답안을 작성하는 요령을 가르치겠다는 거였는데, 장난처럼 "난 치는 건 배웠니?"라고 물은 게 화근이었다. 상현은 묻는 말에는 대답을 하지 않고 중필에 먹을 듬뿍 찍어 벼루바닥에 몇 번 쓱쓱 문지르고는 그럴듯하게 난을 쳐냈다. 답안을 쓰는 요령을 가르치려던 박호민의 생각이 한순간에 바뀌었다.

시작은 장난이었으나 장난으로 끝나지 않았다.

열네 살짜리가 하루 반나절 만에 선(渲), 염(染), 알(斡), 쇄(刷)의 기초를 떼버린 것이다. 사실 그건 박호민이 가르치고 김상현이 떼었다고 하기보다는, 어른이 가르치려 생각한 것을 소년이 이미 다 갖고 있었다고 해야 옳았다. 소년이 가진 재능이 비로소 드러난 것이었다. 기가 막혔다. 말문이 막힌 박호민은 생각에 생각을 거듭하고, 고민에 고민을 거듭했다. 공부를 가르쳐야 하나, 그림을 가르쳐야 하나. 문제는 둘 중 어떤 것을 가르쳐야 하는지를 선택하는 것이 아니었다. 공부라면 능히 가르칠 수 있었지만, 그림이라면 얘기가 달랐다. 그림의 기초를 반나절 만에 떼버린 소년을, 아무리 소년이라 해도 자신이 가르칠 순 없었다.

부친이 일찍 세상을 떠난 집안에서 어린아이에게 사군자를 가르칠 사람은 없었다. 어머니가 가르쳤을지도 모를 일이고 누나가 가르치지 말란 법도 없었지만, 그렇게 배운 솜씨가 아니었다. 상현이 가진 건 말하자면 천품(天稟)이었다. 하늘로부터 받은 것. 스치기만 해도 형과 색을 그대로 옮겨

내는 감각은 타고나는 것이 맞다. 그러나 문제는 그걸 어떻게 넘어서냐는 것이고, 천재의 진가는 그 넘어서는 것에서 나온다. 그 넘어섬을 가능하게 하는 것은 수많은 날들의 몰두 외엔 없다. 세상의 많은 천재들 가운데 정작 진가를 발휘한 자가 드문 것은 그 재능이 몰두를 방해하기 때문이다. 언제 어디서나 재능은 감추어지지 않아 몰두 자체를 잊게 되는 것이다. 혹은 몰두를 우습게 안다. 그렇게 천재는 스스로 재능을 망가뜨리고 쓰러뜨린다. 그런데 하늘이 상현에게 내린 진짜 재능은 몰두에 있었다. 무슨 일을 하든 파고들어가 바닥을 보는 것. 상현에게 그것은 소년이었을 때 이미 갖춰진 것이었다. 박호민의 등줄기가 서늘해진 건 그걸 느꼈기 때문이었다. 제대로 가르치면 어떤 일이 벌어질지 그로선 상상하기 힘들었다.

서양화가의 그림

상현은 겨우 호박전 하나를, 그것도 귀퉁이만 조금 잘라 먹고는 슬그머니 내려놓았다. 그리곤 박호민을 응시하던 눈길을 거두지 않고 물었다.

"지난번 북경에 다녀오실 때 가지고 온 낭세녕(郞世寧)의 그림이 자꾸 떠오르는데, 다시 볼 수 있을까요?"

"무슨 그림이었지?"

"하얀 매를 그린 거였는데……."

"아, 높다란 횃대 위에 매가 앉은?"

상현의 고개가 위아래로 움직였다. 기운이 빠져 축 처진 눈에 생기가 도는 듯도 했다.

"음…… 그게 말이야. 애초에 도화서에서 부탁받고 가지고 온 거라, 지금 나한테 없어."

상현의 눈에서 생기가 빠져나갔다. 거기에 낭패감이 깃들었다.

"근데 그 그림은 왜?"

그렇게 물으며 박호민은 상현이 왜 갑자기 낭세녕의 그림을 찾는지에 대해 몇 가지 추측을 해보았다.

낭세녕은 청조(淸朝)에 들어온 몇몇 서양의 화가 중 한 사람으로, 원래는 천주교를 퍼뜨릴 목적으로 입국을 했지만 뛰어난 그림 실력으로 궁정화가가 된 인물이다. 대상을 정묘하게 그려내는 서양의 그림기법을 먹그림에 접목해 필묵의 부드러움에 강렬한 선묘와 채색을 덧댄 사실화는 칼로 저며 놓은 것 같이 날카로운 느낌을 주었다. 더러는 먹그림의 깊은 맛이 사라진 것을 천박하다고 일축했지만, 오히려 묵화의 심도를 더 깊게 할 수 있는 계기를 마련해주는 그림이라고 추켜세우기도 했다. 무엇보다 흥미로운 것은 그가 고국 이태리(伊太利)에서 큰 종교건물에 벽화를 그린 적이 있는 저명한 화가라는 사실이었다. 덕분에 청나라로 들어온 그는 화조와 인물, 동물화에 모두 뛰어난 역량을 보였다. 특

하나 개를 그린 것은 기왕의 화가들이 그린 애견도와 큰 차이를 가지고 있었다. 감각이 좋은 청의 궁정화가들 중에는 그가 사용하는 음영과 투시의 기법을 차용해 일취월장한 작품들을 선보이고 있었는데, 북경 유리창(琉璃廠)의 서화상들 사이에서도 낮지 않은 값으로 팔리고 있었다.

그런데, 상현이 보고 싶어 하는 낭세녕의 그림은, 그러니까 지난번 동지사(冬至使)의 수행원으로 북경을 다녀오며 박호민이 구해온 낭세녕의 흰매 그림 〈백해청도(白海靑圖)〉는 실은 낭세녕의 진적이 아니라 그의 그림을 그대로 베껴낸 어느 궁정화가의 모사도였다. 낙관까지 낭세녕의 것을 훔쳐다 찍은 거라고, 박호민과 호형호제하는 중국인 화상이 전해주지 않았다면 낭세녕의 그림이라는 걸 의심할 수가 없었다.

이런저런 생각에서 빠져나온 박호민은 상현이 낭세녕의 매 그림을 보고 싶어 하는 이유가 지금 작업하고 있는 춘화에 사실감을 더 얹고 싶기 때문이란 짐작에 닿았다. 그 생각에 이르자 박호민은 반가움과 함께 두려움이 동시에 일었다. 무엇보다 사실감이 살아난 그림이라면 춘화의 값을 그만큼 올려놓을 것이다. 하지만 그렇게 살아난 사실감은 음란의 심도 또한 더해질 테니 구입하려 달려드는 걸음들을 움찔하게 할 수도 있었다. 일전에 춘화를 소지하고 있던 관리 하나가 정직을 당한 일이 있었는데, 재수가 없으면 품위 손상 따위의 혐의에 걸려 전옥(典獄)에 갇히는 신세가 될 수도 있는 일이었다. 당장 걱정할 일은 아니었지만, 고민은 해

봐야 할 일임엔 틀림없었다.

"처남이 꼭 봐야겠다면 도화서 직장에게 부탁해 가져다줄 테니 걱정 말게."

동지사를 수행해 북경으로 떠나던 박호민에게 은밀히 낭세녕의 그림을 구해오라고 부탁한 건 도화서의 장이었다. 낭세녕에 대한 소문은 이미 조선에도 전해져 있었는데 진적(眞籍)을 본 사람도 드물고 가지고 있는 사람은 아예 없어 그의 그림에 대한 이야기가 부풀려 있을 거라는 게 도화서 직장의 판단이었다. 하지만 저간에 도는 소문이 사실이라면 도화서 화사들에게 보이는 것이 마땅한 일이었다. 북경에 도착한 다음날 서둘러 유리창의 화상을 만나 낭세녕의 그림을 구하고 싶다는 얘기를 꺼내기 무섭게 화상의 고개가 부정적으로 흔들리던 것을 박호민은 새삼스럽게 기억했다. 모사품이라면 몰라도 진적은 힘들 거라는 답이 돌아왔다. 거액이 오가는 건 차치하고 어떤 물건이건 동향을 빠삭하게 꿰고 있는 화상들조차 도대체 어느 선에서 거래가 이루어지는지를 간파하기 힘들다는 게 이유였다. 그만큼 귀하다는 뜻이었는데, 그 얘기를 들으며 박호민은 뭔가 찜찜한 기분이 들었다.

'그림값을 올리려는 수작인가?'

의심의 종착지는 거기였다. 예전, 명나라 사람 당인(唐寅)의 산수화를 구하려 했을 때 비슷한 낭패를 당한 적이 있었다. 이미 가지고 있는 사람들이 있음에도 귀하다, 찾기 힘들다, 갖고 있는 사람이 내놓으려 하지 않는다 등등 그럴듯한 이유를 대며 간을 보았는데, 그럴수록 보고 싶고 갖고 싶은 게 또 호사가들의 심리였다. 그렇게 값이 천정부지로 올라가버리면 천하의 욕심쟁이라도 포기할 수밖에 없는데, 그때 웬 놈이 나타나 희한한 귓속말을 흘려 넣었다.

"날 따라오시오."

딱 그 한마디만 하고는 홀연히 사라지는데, 그 뒤를 넋 나간 듯 좇아가지 않을 수가 없다. 금화나 은화를 내놓든, 어음을 끊든, 부랴부랴 돈주머니를 풀고 도망치듯 빠져나와 객잔에 돌아오면 비로소 막혔던 숨이 트인다. 고이 말아온 당인의 족자를 침상 위에 조심조심 펼쳐놓고 화주와 제육 한 접시를 시킨다. 술과 안주가 오는 동안 족자를 보고 또 본다. 그러다 문득, 자신이 치른 게 올바른 값이었나를 생각하게 되고, 뭔가 쑥, 하고 빠져나가는 걸 느낀다. 술 한 병이 두 병이 되고, 세 병이 되고, 그러다 피식 웃음이 솟는다. 천하의 박호민이도 별수 없구나. 껄껄웃음이 이어지고, 이어지고, 이어지다가, 침상의 족자를 향해 넙죽 절을 하고는 도로 말아 돌아갈 짐 보따리 안에 처박아 넣는다.

손바닥 서넛 정도 크기의 족자로 된 당인의 서화를 구입하면서 무지막지한 은화를 소진했던 예전 기억에서 빠져나온 박호민은 자신과 거래를 하는 화상을 의심하는 것 역시 찜찜한 일이라는 것에 생각이 닿았다. 그 화상은 박호민이 중국을 드나들며 백주를 동정호(洞庭湖)만큼 함께 마신 사람이었다. 그래서 사람들은 두 사람을 동정형제(洞庭兄弟)라고 불렀다. 그 정도로 마음을 터놓았는데 그를 의심하는 일은 그를 배반하는 일이나 마찬가지였다. 그가 아니었다면 낭세녕의 그림을 모사한 것이라는 얘기를 들을 순 없었을 것이다. 얼마든 진적이라고 속여 팔아도 될 텐데도 모사한 것이라고 솔직히 말해준 건 동정형제의 우정 외엔 없었다.

욕망의 구도

"그런데 말이야."

박호민이 상현의 눈을 응시했다. 아직 스물이 되었을까 싶을 만큼 어린 얼굴이 며칠 사이에 마흔을 넘긴 사람의 얼굴이 되어버린 것 같았다. 눈밑이 꺼멓게 죽고 이마엔 진흙이 엉겨 붙은 듯 두터운 주름이 잡혀 있었다.

"처남이 보고 싶은 게 뭔가? 그저 낭세녕의 그림인가? 아니면, 낭세녕의 그림에서 무엇을 다시 보고 싶은 건가?"

상현은 매형의 말을 무시하듯 베어 먹다 남긴 호박전을 무심히 다시 집어 입으로 가져갔다. 천천히 오물오물 씹어 넘기고 난 뒤, 그는 고개를 방 안으로 반쯤 돌린 채로 바닥을 보고는 바닥과 얘기하듯 입을 열었다.

"먼저 보고 싶은 건, 그림 속 흰 매의 하얀색입니다."

박호민의 눈앞으로 낭세녕의 그림 속, 화려한 색상과 문양의 횃대 맨 위에 도도하게 올라앉은 하얀 매가 떠올랐다. 그 위로 자신의 눈으로 직접 확인한 방바닥에 놓인 상현의 그림 속, 홍조 깃든 여인의 새하얀 살결이 겹쳐졌다.

"그리고?"

박호민의 물음에 상현은 곧장 대답하지 않고 찬합으로 손을 뻗었다. 가지무침 하나를 집어 입으로 가져가 다시 꼭꼭 씹었다. 그건 뭔가를 먹는 것이 아니었다. 자신의 생각을 곱씹는 것이었다. 옳은지 그른지, 맞는지 틀린지, 생각할 만한 것인지 아닌지, 가늠하는 거였다. 이윽고 음식을 씹어 삼킨 상현의 입이 열렸다.

"다음으로 보고 싶은 건, 자태입니다."

"자태라……."

상현의 말을 되뇌고는 이번엔 박호민이 시간을 끌었다.

자태 ─ 물론 횃대에 올라앉은 흰 매의 자태를 말할 터였다. 낭세녕의 매는 갈색 점이 박힌 오른쪽 날개와 등의 일부를 내보인 자세로 가만히 앉아 고개를 돌려 왼쪽을 바라보고 있다. 검은 눈과 크지 않은 부리는 깊지도 얕지도 않으며 평범하지도 화려하지도 않다. 우아함이란 이런 것이다. 절조와 견고가 느껴지는 자태다. 거기에 날개 밖으로 살짝 보이는 오른 발톱의 까만빛이 은은하게 강렬하다.

"……!"

박호민은 눈앞에서 막 사라지려는 흰 매의 영상을 꽉 붙들었다. 상현이 보려 했던 게 이것이었구나, 싶은 게 그의 눈에 보였다. 바로 매의 발목에 묶인 밧줄이었다. 그 밧줄은 횃대와 연결되어 있었다. 박호민의 생각을 입증해주기라도 하듯 상현이 말했다.

"다음에 보고 싶은 건 매의 발목에 감긴 밧줄, 그리고 꽁지에 붙여놓은 시치미[10]입니다."

그랬다. 상현이 낭세녕의 흰 매 그림에서 보고 싶었던 건 색감과 자태만이 아니었다. 그는 자유로이 날아갈 수 없는 매의 운명을 보려 했다. 사냥매의 운명. 그를 붙들어놓은 밧줄, 그의 정체를 알리는 시치미.

스물두 살의 화가가 그림을 한번 보고 그런 걸 간파했다는 게 놀라웠다. 북경 유리창 거리, 그림들이 숲을 이룬 화방을 틈만 나면 드나들던, 그야말로 화방 문턱을 닳게 했던 박호민도 그림 하나의 실상을 온전히 파악하기까지 얼마나 많은 시간과 공력이 필요한지는 함부로 말할 수 없는 일이었다. 그런데 지금, 젊은 화가의 입에서 색깔이 나왔고 자태가 나왔다. 이제 그것을 넘어 그림의 진의 속으로 들어가고 있었다. '그럴 수도 있지,' 하고 박호민은 고개를 가만히 끄덕였다.

"그리고."

"남은 게 더 있어?"

"마지막으로 보고 싶은 건, 구도입니다."

---

10) 하고도 않은 체, 알고도 모르는 체하는 태도를 보고 '시치미를 뗀다'고 할 때 쓰이는, 매의 주인을 밝히기 위하여 주소를 적어 매의 꽁지 속에 매어둔 네모꼴의 뿔.

이번엔 뜸을 들이지 않았다. 상현의 직답이 박호민을 얼얼하게 만들었다.

'구도라니?'

박호민은 약과를 집어 드는 상현의 손가락을 물끄러미 건너다보며 속으로 물었다. 낭세녕의 그림에서 딱히 구도가 특이하다고 할 건 없었다. 특이하기는커녕 구도만큼은 보통의 기명절지도(器皿折枝圖) 그대로였다. 그 구도만큼은 서양 사람인 낭세녕이 중국의 본을 그대로 가져왔다는 건, 그림을 조금이라도 아는 사람이면 누구나 알 수 있는 일이었다.

'혹시, 내가 잘못 본 건가?'

박호민이 자신에게 그렇게 묻는 순간, 상현의 입이 열렸다.

"매가 앉은 자리에 여인을 앉혀보려 합니다."

'그거였구나.'

상현이 얘기한 구도란 건 그림의 전체적 구도를 얘기하는 게 아니라 자신이 그리고자 하는 것들 가운데 가장 중요한 형물을 오똑하게, 도드라지게 배치하는 문제였다. 그러고 보면 그런 배치는 어떤 춘화에서도 아직 시도된 적이 없었다. 비슷한 것들이 중국에도 있고, 왜국에는 조금 더 많았다. 조선에선 전혀 없다고 해야 옳았는데, 하지만 상현이 말하는 것 그대로는 수천 점에 이르는 세 나라의 춘화도를 보아 온 박호민으로서도 금시초문이었다.

'왜?'

박호민은 속으로 물었다. 그리고 답을 찾아보려 했다. 박호민은 한 걸음 더 나아갔다. 매의 횟대 위에 여인을 앉힌다는 건 그냥 새로운 게 아니라 뭔가 다른 의도를 가진 것처럼 느껴졌다. 매의 횟대는 사람이 앉을 수 있는 좌석이 아니다.

밧줄

　"처남 얘기는, 그러니까, 매가 앉은 가로대에 여인을 앉히겠다는 거야?"

　확인하듯 묻는 박호민의 말에 상현의 고개가 묵묵히 위아래로 끄덕였다.

　"매의 횟대에…… 거기에 여인을? 하아……."

　낮은 숨을 길게 내쉬는 동안 박호민은 눈앞으로 형상 하나를 그려냈다. 팔뚝의 반 정도 되는 굵기의 횟대 위에 여인이 앉아 있다. 어떤 옷을 입고, 어떤 자세로? 박호민은 여인의 몸에서 옷을 벗겨냈다. 무엇이 보이는가? 붉은 유두가? 옴팡한 배꼽이? 거뭇한 샅이? 박호민은 새삼스럽게 스물두 살 젊은 화가의 얼굴을 응시했다. 그의 얼굴이 며칠 만에 마흔두 살로 변해버린 이유를 알 것 같았다.

　'이 사람은 지금 다른 생각을 하고 있다. 이 사람이 생각하는 건 보통의 춘화가 아니다. 남녀의 흐벅진 정사를 화선지에 담으려는 게 아니다. 더 깊은 곳이거나, 그 너머의 무엇이다.'

속으로 중얼거리던 박호민이 상현의 눈을 응시하며 물었다.

"의도가 무언가?"

상현은 눈을 좀 크게 떴을 뿐 대답을 하지는 않았다.

"여인을 매의 횃대에 앉히려는 뜻이 무언지 나로선 도무지 모르겠군."

박호민이 다그치듯 말했다. 하지만 상현은 이미 확고한 답을 갖고 있었다.

"음란을 감추지 않겠다는 뜻이지요."

"음란을 감추지 않는다? 그럴 수도 있겠군."

"하지만 정결을 해쳐서는 안 됩니다."

못을 박듯 단호한 상현의 말에 박호민은 호흡을 가다듬었다.

'음란은 감추지 않는데 정결을 해쳐선 안 된다?'

얼핏 모순되는 듯 들렸다. 박호민은 상현의 말을 몇 번이나 속으로 되뇌었다. 음란한데 정결하다. 정결한데 음란하다. 이 사람이 그리고 싶어 하는 그림이 대체 무엇인가?

"혹시, 자네의 구상을 실제로 옮겨놓은 그림이 있나?"

박호민의 뜨거운 시선을 피하지 않은 채 상현이 고개를 가만히 끄덕였다. 가만히 끄덕이던 고개가 슬며시 돌아갔다. 발이 드리워진 방 안이었다.

"음……."

박호민의 입에서 낮은 숨이 길게 뿜혀져 나왔다. 박호민은 갓끈을 천천히 풀고 갓을 벗어 마루 한쪽에 놓았다. 그리곤 무릎걸음으로 걸어 방문 앞에 쳐놓은 발을 걷었다. 막 방

안으로 들어서려던 박호민이 궁금한 게 떠오른 듯 상현을
돌아보았다.

"자네 혹시……."

예상을 하기라도 한 듯 상현의 무심한 눈가에 알 듯 말 듯
미소가 어렸다.

"혹시, 그림 속 여인의 발에다가도 밧줄을 묶어놓았나?"

알 듯 말 듯한 미소가 더욱 모호해졌다.

"매형이 작자라면 어떻게 하실 겁니까? 여인의 발에다 밧
줄을 묶겠습니까, 풀겠습니까?"

박호민은 상현의 물음에 대답하는 대신 성큼 방 안으로
들어섰다.

제7장

음란한 기품

생각을 희롱하는 집

서대문 밖 은평(恩平)의 한적한 색주가.

솟을대문 너머 반듯한 기와집의 위세가 여느 기생집의 면모와는 뭔가 좀 다르다. 주인은 장악원 관기로 있다가 나이가 들어 물러난 여희(黎姬). 여희가 장악원에서 물러난 건 관기로 지내기엔 나이가 많아서이기도 했지만, 당시 좌상의 깊은 호의가 작용했다는 소문은 어느 정도 사실이었다. 그녀를 첩으로 삼을 수 없었던 데는 뭔가 피치 못할 이유가 있었을 텐데, 어쨌든 좌상은 인왕산이 훤히 내다보이는 풍치 좋은 곳, 대대로 내려오던 별당을 선뜻 여희에게 넘겨주었다. 그건 여희에게 어지간히 부담되는 일일 듯싶지만, 그걸 또 잘 견뎌내고 품는 게 그녀의 특기라 할 만했다.

여희의 색주가 안쪽에는 숨겨진 듯 외딴 채가 하나 따로 있다. 안채 가운데 청마루 위에 걸린 날렵하지만 가볍지 않은 왕희지의 초서를 모사한 편액이 근사하다.

농사재(弄思齋).

청마루 뒤쪽으로 난 문과 방마다 달린 창들을 열면 어디서나 인왕산이 훤히 보인다. 여희가 색주가를 열고나서 한동안은 좌상이 빈번하게 드나들었는데, 그때마다 여러 날 머물다 간 곳이 바로 농사재였다. 처음부터 거기에 "생각을 희롱하다"는 뜻의 '농사'라는 이름이 붙여진 것은 아니었다. 좌상의 둔중한 인품이나 행보로 미루어 생각을 희롱한다는 식의 이름이 붙여지는 건 가능한 일이 아니었다. 그곳이 그렇게 불리기 시작하면서 여희의 색주가를 다녀간 사람들에 의해 빠르게 그 이름이 퍼져간 것, 편액이 걸린 것, 그리고 좌상의 출입이 멈춘 것은 비슷한 시기였다. 좌상이 마지막 걸음을 떼놓으며 이름도 지어주고 편액 글씨도 썼다는 얘기도 있고, 안하무인의 화사 하나가 우연히 좌상의 술좌석에 끼었다가 "그림이란 모름지기 생각 너머에 있으니, 생각을 갖고 노는 난장(亂場)을 그림이라 못할 것도 없지"라고 일갈한 데서 그 이름이 생겼다는 얘기도 있다. 좌상의 걸음이 끊겼다는 것과 연결시켜보면 아마도 후자에 더 무게가 실린다. 어쨌든 한번 걸음을 끊은 좌상의 발길이 도무지 이어질 기미가 보이지 않으면서 여희가 쫓겨날 거라는 풍문이 돌았지만 그런 일은 벌어지지 않았다. 그게 어느새 삼 년이었다.

바깥에서 보면 청마루를 중심으로 양쪽으로 커다란 방문이 두 개씩 있다. 그렇게 방문들만 보면 안채에 모두 네 개의 방이 있다 싶지만, 각각의 방을 나누고 있는 벽체들이 쉽게 떼어놓을 수 있는 것이라 벽체를 해체하면 가로로 긴 하나의 방이 된다. 청마루로 통하는 방문까지 열면 안채 자체가 더욱 기다란 방 하나가 되는데, 좌상이 여희를 빈번하게 찾을 때는 그렇게 벽체를 모두 걷고 청마루로 통하는 방문까지 열어젖혀 저쪽 끝에서 이쪽 끝까지 며칠의 낮밤을 여흥으로 보냈었다. 좌상의 걸음이 끊어지기 전까지는 좌상이 특별히 청한 식객 외에 그곳에 머문 사람은 아예 없었다. 하지만 좌상이 출입을 완전히 끊은 뒤에도 여희는 그곳에 사람을 들이지 않았다.

농사재 방 안엔 색주가에 어울리지 않게 호사한 침구도, 흔한 술상도, 보이지 않는다. 대신 척 봐도 고급한 문방제구(文房諸具)들이 가지런히 한 면을 차지하고 있다. 서화를 보는 진짜 안목 가진 자라면 아무리 잘 나가는 문장가들이 드나드는 유명짜한 퇴기의 색주가라도 함부로 구해놓을 수 없는 문방구란 것을 한눈에 알 수가 있다. 가령, 매화와 대나무와 소나무가 어지러이 조각된 붉은 빛깔이 도는 벼루와 그 벼루를 받치고 있는 석상(石床)만 하더라도 임금의 서실에나 있을 법한 물건이었다. 당대 최고의 서각쟁이로 여겨졌던 명나라 사람 사마방(司馬方)이 만들었다는 그 벼루는 북경에 간 박호민이 나랏돈을 훔치듯 꿔다 구입한 거였는데, 그 일로 호되게 경을 친 이력이 있었다. 벼루나 벼루받침만이 아니다. 큰 동전같이 생긴 먹은 청국(淸國)의 티를 고스란히 드러내고, 작은 붓을 꽂아놓는 용도로 쓰이는 봉우리 다섯 개의 백자 필격(筆格)은 분명 진상 가마터에서 나왔을 것이다. 맑은 물길을 삼켰다 토해낸다는 뜻의 '탄토청파(呑吐淸波)' 네 글자가 박힌 청화백자철화 나비문양의 팔각연적 또한 왕궁에 진상하는 도자장인의 솜씨가 아니면 만들어질 수 없는 물건이다. 그 옆에 수북하게 쌓인 종이는 남도에서 올라온 최고급지고, 용이 승천하는 모양을 한 필가(筆架)에 가지런히 매달린 다양한 크기의 붓들은 연륜이 듬뿍 밴 것부터 아직 먹물에 젖어본 적 없는 하얀 털이 수줍게 보송한 신필(新筆)까지, 그 하나하나가 모두 장인들의 솜씨를 다투듯 드러낸다.

장악원 퇴기 여희가 그런 걸 모두 갖출 수 있는 사람이라고 하면 지나가던 개가 웃을 일인데, 그렇다면 값비싼 문방제구가 좌상과 연결된다는 건 어지간한 호사가라면 누구나 할 수 있는 상상이다. 그런데 정작 그것들이 생각을 희롱한다는 뜻의 당호(堂號)와 어떤 관련이 있는지를 아는 사람은 드물었다. 그것이 드문 까닭의 팔 할은 문방제구의 대부분을 여희에게 안겨준 남자의 무거운 입 때문이라는 것 – 이 또한 아는 사람이 얼마 없었다.

거래

지금 여희와 마주 앉아 정담이라기엔 좀 무거운 얘기들을 나누고 있는 남자, 이 사람이 바로 입이 무겁기가 쇳덩이와 같다는 그 사람이다. 그야말로 값으로는 헤아릴 수 없는, 철을 뚫는 냉정한 안목과 예혼(藝魂)이 불길처럼 이는 가슴을 가진 자만이 볼 수 있고 알 수 있는 '물건' - 그걸 마련하기에 충분한 사람. 그 사람이 막, 중년의 농염(濃艶)을 멀찍이 내려놓은 채 미간을 잔뜩 찌푸린 여인 앞에 무겁디무거운 언급 하나를 내려놓았다.

"내 제안의 골자는, 그대한테 삼을 주는 것이지 내가 일곱을 갖자는 게 아닐세."

여희가 가체 아래 목덜미를 간질이는 머리칼 몇 올을 살살 걷어내며 웃었다.

"선달님께서 그리 말하시면 저로서야 감지덕지할밖에요. 서암께서 어디 셈에 약한 저를 놀려먹을 분이시던가요."

그녀의 입에서 나온 서암이란 아호의 주인이 바로 퇴기의 외딴 채 널따란 방에 아무런 조건 없이 고급한 문방구를 갖추어준 장본인이었다. 아무런 조건이 없다는 건 과장이 아니다.

박호민과 퇴기 여희의 관계는 흔하게 색주가를 드나드는 한량과 색주가의 주인 사이가 아니다. 두 사람이 어떻게 만나 고약하다면 고약하고 진하다면 진한 사이가 되었는지는 오직 두 사람만이 아는 일이고, 그 둘의 관계를 하늘 아래 다른 사람이 알지 못한다면 둘 사이에 오간 정분이나 거래나 대화도 바로 그 '아무런 조건 없이'라는 것에 속할 일인데, 아마도 다른 누군가가 알게 되는 순간, 둘의 이야기는 순식간에 장안을 뒤집어놓을 것이다. 목멱산에 백호가 나타나 아이를 업어갔다는 기괴한 이야기만큼 파문이 일어나게 될 터.

박호민은 입을 굳게 다문 채 곁에 앉아 있던 상현을 일별하고 나서 다시 여희에게로 눈길을 돌렸다. 박호민의 눈길이 새삼 그녀의 자태를 훑었다. 마흔을 넘겨 얼굴에 제법 잔주름이 잡히긴 했으나 가는 목이나 어깨는 아직 남정네의 뜨거운 손길을 받기에 부족하지 않았다. 저고리 앞섶을 봉곳이 띄운 모양도 벗겨서 보고 싶다는 욕심을 불러일으키기에 부족함이 없었다. 늦가을 단풍 빛깔을 가진 입술은 여전히 도톰했고, 엷은 색의 옥가락지 하나만 왼손 약지에 낀 가늘고 긴 손가락에도 아직 요염이 만만찮게 남아 있었다.

"이걸로 매조지했다 생각하겠네. 따로 약조할 일은 없는가?"

박호민의 물음에 퇴기의 입가에 여유만만한 미소가 어렸다. 좀 전의 긴장은 말끔히 씻겨나갔다. 춘화에 양본(樣本)이 될 여인을 구해주는 것, 연습지를 작자가 원하는 대로 구해주는 것, 안채를 통째로 내어주는 것으로 춘화첩 거래가의 삼 할을 떼어주는 조건은 여희로선 흔쾌할 수가 없었다. 그런데도 그녀가 그 조건들을 선선히 받아들인 건 조건을 내건 사람이 박호민이기 때문이었다. 그가 거래하는 춘화첩들

148

이 여느 춘화첩의 서너 배 값을 가지고 있을 뿐 아니라, 비교할 수 없는 가격에 거래되는 춘화첩도 적지 않다는 것을 그녀는 익히 알고 있었다. 그가 제안한 거래가의 삼 할은, 어지간한 화상의 오 할이나 칠 할을 능가하는 거였다. 그것이 때로 열 배가 되고 스무 배가 될 수 있다는 것까지 굳이 염두에 둘 필요는 없었다.

"당부하신 대로, 음란하되 기품이 있는 여인을 구하는 데 진력을 다하겠습니다. 그 사람을 구하고 난 뒤에 청할 것이 있으면 더 하지요."

"아무렴. 여기 젊은 화사의 눈에 드는 사람이라면 약조 몇 개를 더한다고 해도 받아들이리다."

여자의 눈길이 살짝 상현에게 머물다 다시 박호민에게로 돌아갔다. 여자의 목덜미가 위아래로 가만히 움직인 것은 침을 삼켰기 때문이었지만, 상현에게서 뭔가를 보았다는 뜻이기도 했다. 뭘 보았을까.

"작업을 시작하면 며칠이나 머무는지……?"

말끝을 닫지 않는 게 묘했다. 박호민이 상현에게로 눈길을 옮겼다. 상현도 박호민을 바라보고는 나직한 목소리로 뭐라고 말했다. 그 말을 박호민이 그대로 되풀이했다.

"열흘? 열흘이라고? 그걸로 되겠어?"

상현의 고개가 무심히 위아래로 움직였다. 박호민의 눈이 여희에게로 향했다.

"보름을 빌리세."

"그러세요."

상현이 말한 열흘에 닷새를 더 얹었다는 걸 알면서도 여희는 군소리를 하지 않았다. 여희의 눈길이 다시금 상현에게 머물렀다.

아득한 가슴

엿새 전.

상현이 남산 밑 박호민의 서실에서 박호민을 대신해 춘화들을 감별하며 밤을 새운 다음 날, 박호민이 바리바리 음식들을 챙겨갔던 그 아침. 곧 죽을 사람처럼 어두운 표정을 걷어내지 못한 채 상현이 혼잣말처럼 그랬었다.

"왜 사나…… 왜 그리나…… 절대 물어선 안 되는 물음이, 물어봐도 소용없는 물음이, 자꾸만 일어나네요."

급기야 그의 눈에 물기가 가득 고이고, 그 흥건한 물기를 보았을 때 박호민은 마치 낭떠러지 끝에 선 듯 떨렸다.

'올 것이 온 건가?'

그래도 하는 수 없었다. 상현에게 온 것이 그가 생각하는 그것이라면, 그것 때문에 상현이 저토록 비통한 표정을 짓고 있다면, 해결해줄 수는 없어도 털어놓을 기회는 주어야 하지 않겠냐는 것에 그의 생각이 다다랐다. 상현이 안고 있는 고민이 무엇인지를 짐작하지 못할 바는 없었다. 상현이 말해준 적도 없고 내색조차 하지 않았지만, 오동잎 이파리 한 장 떨어지는 것만 보아도 천지에 가을이 왔음을 알지 않는가. 그런 건 비밀도 아니고, 감춘다고 감추어지는 것도 아니다. 예민한 촉각을 가진 자에게라면 더더욱 그럴 텐데, 천하의 박호민이 감지해내지 못할 건 없었다.

박호민은 고뇌에 싸인 젊은이의 얼굴을 묵묵히 건너다보며 생각에 잠겼다. 짐작하는 그것이 맞을 것이다. 하지만 원인을 짐작하고, 그 짐작이 맞다는 사실만으로는 풀리지 않는 일이었다. 이럴 땐 차라리 제 입으로 털어놓게 하는 게 치유가 될 수도 있는 일이겠으나, 상현이 속엣얘기를 온전히 털어놓을 거란 기대는 섣불렀다. 입이 무겁기로 치면 자신보다 더하면 더했지 덜하지 않다는 건, 상현의 집안에 장가를 들고 얼마 되지 않아 간파한 사실이었다.

"오다 보니 산자락 주막에서 풍겨나던 동동주 냄새가 달달하던데, 낮술 한잔할 테야? 내려가기 싫다면 내 얼른 뛰어가 사가지고 옴세."

흰소리에도 웃는 내색이 없다. 무심하게 건너오는 상현의 두 눈을 보면서 박호민은 괜히 주접떨 일이 아니구나 싶었다. 단도직입으로 찔러드는 게 상책이다. 박호민은 잘 벼려진 말의 칼 하나를 쓰윽 집어 들었다.

"내가 한 번 맞혀볼까? 자네 얼굴을 흙빛으로 만든 게 무언지?"

그 말에야 상현의 눈이 조금 커졌다. 커다란 눈망울이 "그래요, 어디 한 번 맞혀보시죠,"라고 하는 듯했다.

"그대 얼굴에 드리운 그림자……그 정체가 무언지 짐작이라도 할 수 있는 사람은 세상에 딱 하나뿐이지."

그렇게 말하며 박호민은 오른쪽 엄지손가락을 세워 자신의 가슴을 쿡쿡 찔렀다. 상현의 입가에 힘없이 미소가 어렸다가 지워졌다. 도포 자락을 뒤편으로 소리 나게 걷어내며 마루 위로 성큼 올라선 박호민이 상현의 코앞으로 얼굴을 바짝 디밀었다.

"그대 눈 안에 두 사람이 보이는군."

뒤로 몸을 젖힐 법도 한데 상현은 물러서질 않았다. 물러서기는커녕 눈도 깜박이지 않았다. 숨결에서 단내가 났다. 몸이 그 단내만큼 지쳤고, 그러니 마음은 또 얼마나 지쳐 있을까, 하면 속는 것이다. 모든 걸 포기한 사람의 몰골을 한 이 젊은 영혼은, 실은 그 반대였다. 자신 안에 깃든 거친 욕망들을 하나도 걷어내지 않아 오히려 기진한 거였다. 박호민만이 이걸 볼 수 있다는 건 결코 과장이 아니었다. 박호민은 그렇게 믿었다.

"하나는 남자고, 하나는 여자군."

상현의 코에서 뜨거운 김이 쑥, 하고 빠져나왔다. 박호민은 말의 칼을 더 깊이 박았다.

"남자는 지체가 높은…… 아니지, 그저 높다고 할 수만도 없는 분이시고…… 보자, 여자는…….."

남자는 세자고, 여자는 상희라고, 이름까지 얘기할 필요

가 없었다. 오히려 들먹이지 않는 게 방법이다. 아니나 다를
까, 그 방법이 먹혀들어갔다는 듯 상현의 표정이 굳고 얼굴
은 납빛으로 변했다. 그리고 어금니를 꽉 깨물어 양쪽 볼 아
래가 돌출되었다. 상현의 그 표정은 '알고 있군요. 매형은 이
미 알고 있었군요.'라는 말을 그대로 드러내고 있었다.

　상현은 자신이 말한 적 없는 사실을 박호민이 알고 있다
는 것이 그다지 놀랍지 않았다. 하나를 알면 열을 알아내는
사람이었다. 말을 한 적은 없지만 뭔가 그에게 빌미를 제공
했을 거라는 것, 단초가 되는 '하나'를 어떤 식으로든 자신
이 보여줬을 거라는 생각이 들었다. 상현을 곤혹에 빠뜨린
두 사람에 대해서라면 일말의 것이라도 발설할 수 있는 사
안이 아니었다. 큰아버지 김자청으로부터 세자와 동무로 지
내라는 얘기는 밖으로 새나갈 경우 목숨이 위태로운 일이었
고, 상희에 대한 상현의 마음은 누군가에게 털어놓을 수 있
는 성질의 것이 아니었다. 그걸 박호민이 꿰뚫고 있다는 생
각이 들자, 상현은 맥이 풀렸다.

　상현은 아무 소리도 하지 않았다. 부인할 필요도, 인정할
필요도 없었다. 말할 이유가 없었다. 그냥 듣기만 하겠다는
태도를 상현의 표정에서 읽어낸 박호민은 상현의 가슴팍에
박았던 말의 칼을 천천히 비틀었다.

　"그대가 걱정하는 건 두 사람이 만나게 될 거라는 것, 만
나게 되면 어떤 일이 일어날지 모른다는 것……."

　거기서 박호민은 잠시 말을 끊었다. 그렇게 말을 하고 났

을 때, 뭔가 전혀 다른 느낌이 밀려들었다. 뭘까? 자신의 생각임에도 읽어내기가 힘들었다. 그건 마치 모래바람에 잠시 고개를 돌렸다가 바람이 지난 뒤에 보았더니 좀 전까지 있던 게 사라진 것과 같았다.

'잘못 보았나?'

하는 생각이 일었다. 박호민은 헤아리기 힘든 힘에 이끌린 듯 천천히 고개를 저었다. 그럴 리가 없었다. 다른 게 있을 리가 없었다. 상현은 세자와 동무를 하고 싶지 않았고, 상희를 잃을 마음이 없었다. 그건 자명했다. 세자와 동무를 하게 되면 상희를 잃게 된다는 것 - 그건 그가 상상할 수 있는, 얼마든 일어날 수 있는 일이었다. 그리고 그것만이 상현의 가슴에 맺힌 피멍의 실체였다. 그런데 잠깐 모래바람이 지나고 보니 피멍은커녕 실핏줄 하나 보이지 않았다.

"방금까지 난 그런 거다, 라고만 생각했는데, 그게 아닐지도 모른다는 생각이 드는 건 왜일까?"

박호민은 맥이 풀려나간 목소리를 흘려놓았다. 상현의 가슴팍에 꽂았던 게 칼이라 생각한 것도 잘못이었다는 걸, 박호민은 서서히 깨달았다. 설사 그게 정말 칼이었다 해도, 정작 칼이 꽂힌 사람은 더 이상 아파하지 않았다. 이리저리 비틀어대는데도 더는 그를 아프게 하지 못했다. 그런 거라면, 텅 빈 곳에 칼을 찔러 넣었거나, 지푸라기로 만들어진 인형에다 칼을 꽂은 것이다.

"매형, 너무 애쓰지 마세요."

상현은 선언하듯 말하고는 천천히 몸을 틀어 벽에다 등을 기댔다. 그리곤 첩책으로 된 것들, 낱장에 그려진 것들이 수북이 쌓인 춘화 더미로 눈길을 돌렸다. 박호민은 머쓱해져 상현의 옆얼굴만 가만히 지켜봤다. 상현이 쉽게 상상할 수 있는 곳 너머 아득한 곳에 닿아 있다는 사실을 천하의 박호민도 알지 못했다. 그를 안다고 한 것, 아무리 감추어도 그를 알 수 있으리라 생각한 것이 모두 빗나갔다는 것을 박호민은 인정하지 않을 수 없었다.

'저 친구 마음속엔 대체 뭐가 들어 있을까?'

벽에 기댄 채 깊이 입을 닫아버린 상현을 묵묵히 바라보며 박호민은 다시 생각에 빠져 들어갔다. 상현이 사촌 동생 상희에 대해 가진 애틋함, 세자와 동무가 되어야 하는 일의 난감함 ― 이런 가림막들을 걷어내자 빛처럼 비쳐드는 게 있었다. 이거였나? 상현이 닿아 있는 먼 곳 ― 거기에 그림 하나가 있었다. 아직 그려지지 않은 그림. 그래서 텅 비어 있는 그림. 오직 그리는 자만이 알 수 있고 그려낼 수 있는, 미지의 그림.

색주가 골방에 박히다

망종(芒種) 무렵. 은평 여희의 색주가 외딴 채, 문을 모두 터 가로로 기다란 방.

상현이 작업을 시작하고 닷새가 지난 해질녘, 인삼과 대추를 넣고 달인 차를 주병에 담아가지고 온 여희가 방 한쪽 구석에 가득 쌓인 그림들을 쪼그려 앉은 채로 한 장 한 장 넘겨보다가 어지럼증이라도 이는 듯 벽에 등을 기댔다. 그런 자신의 모습을 물끄러미 바라보고 있는 상현에게로 고개를 돌렸다. 뜻 모를 웃음이 그녀의 입가에 가득했다.

"상현 서방님은 춘화를 장난으로 아시지요?"

"무슨 뜻입니까?"

"말 그대로예요. 장난. 다 큰 어른들이 노는 장난."

"그렇게 볼 수야 있지만, 난 그렇게 본 적이 없습니다."

상현의 얼굴은 무심했다. 무심하기보다는 기운이 없다고 해야 옳았다. 작업에 들어가면 먹는 걸 멀리하는 습관 때문에 그럴 수도 있겠지만, 그의 얼굴에선 최소한의 열의조차 보이지 않았다.

'열의라곤 없는 저런 얼굴로 수백 장의 그림을 그렸다?'

여희는 속으로 물었다. 그리곤 답했다. 저 얼굴에 보이지 않는 열의는 보통의 열의라고 할 때의 그 열의가 아니다. 그로 하여금 닷새를 거의 쉬지 않고 수백 장을 그려내게 한 것은 열의가 아니었다. 그건 그저 몸에 밴, 손이 익힌, 열의 같은 게 들어갈 필요도 없는, 한낱 습력(習力)에 불과했다. 습관적으로 먹을 갈고, 기계적으로 붓을 놀려 만들어진 그림 - 그렇게 닷새가 아니라 다섯 달을 보낸다고 해도 건져낼 그림이 있을 리 없었다.

'그걸 모를 사람이 아닌데……'

여희는 뭔가 해주고 싶은 말이 있는데 얼른 떠오르질 않았다.

닷새 정도 상현을 겪고 난 여희는 얼마간 상현을 알아보았다. 오랫동안 남정네들을 겪어온 그녀였다. 닷새면 한 남자를 아는 데 충분한 시간이었다. 그렇게 알아낸 상현이란 남자 - 그도 여느 남자들과 크게 다르진 않았다. 하지만 전혀 다른 데가 딱 하나 있었다. 그건 바로 여자에 대한, 미색(美色)에 대한 태도였다.

"뭐 하나 물어봐도 될는지요?"

이윽고 여희가 저고리 앞섶을 여미고는 입을 열었다.

"묻지 말라 하면 안 묻겠습니까?"

툭 던진 상현의 되물음에 손으로 입을 가리지도 않고 활짝 웃으며 여희가 크게 고개를 끄덕였다. 저런 모습도 다르긴 하지, 하고 속으로 중얼거렸다. 남자들이 색주가 여자에게 농담을 할 때는 둘 중의 하나다. 숨겨둔 속내를 들키지 않으려는 것, 아니면 속내를 일부러 들키려는 것. 하지만 둘 모두 속셈은 다르지 않다. 자신을 뭔가 대단한 남정네로 보이도록 하는 것이다. 배포가 큰 남자, 속이 너른 남자, 마음이 푸근한 남자 - 그렇게 보여 여자의 환심을 사는 것이 목적이다. 그러나 상현의 농담은 둘 중 어느 것도 아니었다. 그는 배포가 크고, 속이 넓고, 마음이 푸근하다는 걸 내보이기 위해 농담에 기대지 않았다. 그의 농담은 그냥 농담이었다. 그의 농담은 날 선 표정, 예민한 눈빛, 긴장감 서린 몸짓과 다르지 않았다. 그가 보통의 남정네들과 다른 것은 그런 표정, 눈빛, 몸짓과 마찬가지로 농담 역시 부러 만들어내지 않았다는 사실이다.

여희는 상현 같은 남자를 겪은 적이 있었다. 아무것도 감추지 않는 남자. 일부러 뭘 만들어서 하려 들지 않는 남자. 그를 만나지 못한 시간이 몇 해를 넘겼다. 이제 그 사람보다 더 어리지만 그에게 버금가는 남자를 만났다.

"서암 어른한테서 상현 서방님 얘기를 들은 게 제법 됩니다."

여희의 말에 가타부타 없이 상현은 가만히 고개를 끄덕였다. 매형이 입이 무거워 남의 일을 누군가에게 들려주는 건 거의 없는 일이지만, 여희라면 달랐을 것이다. 여희와 박호민이 돈독한 관계를 가지고 있을 거라는 짐작 때문만은 아니었다. 언젠가 남산 밑 기송당에서 술을 한잔할 때 박호민이 그랬었다. "내가 그대 누나를 사랑하는 건 부인할 수 없는 사실이지만, 사랑하는 사람이라고 맘 편히 모든 걸 얘기할 수 있는 게 아니란 것도 사실이지,"라고. 맞는 말이었다. 상현 역시 그랬다. 아내 미령을 누구보다 사랑했다. 하지만 속엣얘기를 모두 털어놓지는 못했다. 사랑하면 무엇이든 가능하다는 건 사랑에 대한 오독(誤讀)이다. 사랑하기 때문에 감추어야 하고, 눌러놓아야 하고, 스러지기를 기다려야 하는 것이 있다. 사랑하는 사람에게 마음 편히 속엣것을 다 털어놓을 수 있으려면 사랑하는 사람이 그런 사람이어야만 가능한 일이다. 사랑하는 사람이 그런 사람이 아니라면, 그 사람을 지켜주기 위해 감추어야 하고, 눌러놓아야 하고, 스러지기를 기다려야 하는 것이다. 상현에게는 그런 사람이 없었다. 하지만 박호민에게는 여희가 있었다. 박호민이 "어디 조용한 곳에 가서 보름만 지내게,"라며 은평의 색주가로 상현을 데리고 왔을 때, 그때 처음 본 여희에게서 느꼈었다. 매형에게 여희가 그런 사람이구나. 저 입 무거운 사람을 수다쟁이로 만드는 사람. 기송당에서 상현이 "매형한테는 그런 여자가 있습니까?" 하고 물었을 때 박호민의 입에서 떨어진 이름이 여희였다. 그 이름을 얘기하며 전혀 머뭇거리지 않는 게 매형다우면서도 신기했다. 손아래 처남에게 아무런 머뭇거림 없이 들려준 이름. 그녀에게라면 자신의 얘기 또한 할 만큼은 했을 터였다. 사랑이 관여하지 않는 관계. 사랑이 관여할 필요가 없는 관계. 사랑이 관여하면 오히려 불편해지고 깨지는 관계. 속내를 온전히 털어놓기 위해 필요한 이 기이한 조건에 부합하는 사람 – 그런 사람이 상현에게는 없었다.

남자와 여자

"상현 서방님은 여자에게서 무얼 보십니까?"

여희의 물음에 상현의 입이 살짝 벌어졌다 닫혔다. 상현으로선 그런 식의 물음을 받아본 적이 없었다. 생각도 해보지 못한 것이었다. 거기에는 남자에 대한 그녀의 송곳 같은 안목이 담겨 있었다. 여희는 어린 시절 장악원으로 들어가 남자들을 겪으며 청춘을 살았다. 분을 바르고 연지를 찍는 것도 시들해졌을 때, 아이를 낳지 않아 마냥 팽팽하리라 싶던 젖이 가라앉고 무시로 뜨끈해지던 아랫배가 싸늘해지는 날이 늘어날 무렵, 사위어가는 자신의 삶보다 남자들의 삶이 더 가여워 보일 즈음, 진짜 남자를 만났다. 그는 빼어나게 난초를 칠 줄도 몰랐고, 근엄한 미소도 지을 줄 몰랐다. 몇 번의 사양 끝에 자신의 치마폭에 그려준 것은 조그만 괴석(怪石) 끝에 삐죽이 솟은, 자신의 성긴 수염만큼 볼품없는 풍란 이파리 몇 가닥이었다. 그리고 거기 한구석에 썼다.

風不能放(풍불능방)
雲不能抓(운불능조)
人只能開閉目(인지능개폐목)
像空車一樣過時(상공차일양과시)

바람은 놓아줄 수 없고 구름은 잡을 수 없으니,
사람은 그저 눈을 감거나 떠
빈 수레와도 같은 시절을 사는 것

그 사람은 달랐다. 여희는 아무리 그를 사랑해도 사랑을 얻을 수 없었다.

"대감은 사랑을 아십니까? 여자를 아십니까?"

"여희야, 내가 안다고 하면 믿겠느냐?"

"모르십니까? 여자를, 사랑을, 모르십니까?"

"그런 게 어디 알고 모르고의 일이더냐."

"그러면 무언지요? 사랑이 무언가요?"

여희의 물음 끝에 아주 한참을 그는 침묵했다. 임금에게
도 뜻을 굽히지 않아 여분의 목숨을 숨겨두고 산다는 뜻의
'은명자(隱命子)'라는 별호로 불리던 굳센 사람이 입을 다무
는 동안, 여희는 어금니를 물었다. 이윽고 입을 뗀 그 사람이
괴석풍란을 그렸던 치마를 가져오게 했다. 벼루바닥에 청주
한 잔을 붓고 천천히 먹을 갈았다. 그리곤 중필을 적셔 하얀
속치마에 쓰인, 바람과 구름의 문장 끝에 썼다.

風停在伸掌上離去(풍정재신장상이거)

天空白雲雨淋溼我(천공백운우림습아)

知是不知之影(지시부지시영)

情慾造愛(정욕조애)

何能諒無心之淵(하능량무심지연)

바람은 펼쳐진 손바닥 위에 머물다 떠나고

저 높은 하늘의 구름은 비가 되어 나를 적시니

사람이 안다는 것은 모르는 것의 그림자일 뿐

정과 욕이 만들어낸 사랑으로
어찌 무심의 깊이를 헤아리겠는가?

더 이상 여희는 그에게 묻지 않았다. 사랑보다 마음 없음
이 더 나은 거냐고. 대감이 무슨 부처냐고. 마음 없음이란 게
사랑보다 깊고 넓은 것이냐고. 묻지 않았는데 답이 들렸다.
마음 없음이 사랑보다 더 낫다는 것. 그것이 사랑보다 깊고
넓다는 것. 그렇게 듣고 나서야 더 이상 그에게서 사랑을 바
라지 않았다. 그리고 그 사람의 발길이 드물어졌고, 마침내
끊어졌다. 그리고 몇 해가 지나 그 사람이 이마 새파란 젊은
이로 돌아왔다. 상현에게서 그 사람을 보는 건 여희에겐 이
상한 일이 아니었다.

상현은 여자를 감상할 뿐 취하려 하지 않았다. 혼인을 했
다는 얘기도 들었고 소실을 둘 나이는 아니었지만, 기생집
이든 색주가든 얼마든 드나들 나이였다. 그런 젊은이들이
어디 한둘인가. 하지만 김상현이라는 자는 그들과 같지 않
았다. 그에게 여체는 그림에 안치되는 물상에 지나지 않았
다. 그것은 산이거나 나무였다. 강이거나 물이었다. 박호민
이 데리고 온 도화서 환쟁이라는 사람이 그렇긴 했었다. 지
금 상현이 머무는 '농사재'에 사흘을 머물며 작업을 했던 그
화사는, 오직 그림만 그렸다. 그것도 견품만. 실제 완성된 그
림은 볼 수 없었다. 상현이 딱 그 화사와 같았다. 이름이 정
진모라 했었다.

"여자에게서 무얼 보십니까?"

여희는 대답 없는 상현에게 다시 물었다. 그녀는 이번만 큼은 답을 듣고 싶었다. 그럴 수 있다면 그녀가 사랑했던 유일한 남자로부터 듣지 못한 답을 들었다 할 수 있었다.

하지만 상현은 끝내 대답을 하지 않았다. 여희는 쌓아놓은 상현의 춘화 견품들 중에서 하나를 집어 들고는 무릎걸음으로 상현이 있는 곳으로 다가갔다. 상현은 여전히 움직임에도 표정에도 변화가 없었다. 거뭇하게 수염이 돋은 얼굴은 하얗다 못해 파리했다.

문답

"단원의 운우첩 속 그림들은 서방님한테 어떻습니까?"

여희는 수법을 바꾸었다. 어떻게든 답을 끌어내려는 그녀의 속셈이 아랫배를 뜨끈하게 만들었다.

"좋은 그림이지요."

상현은 선선히 답을 했다.

"좋은 그림이라고요?"

여희가 상현의 말을 반복하며 무릎을 세웠다. 자색 치마밖으로 나온 발에 버선이 신겨 있지 않았다. 상현의 눈길이 그곳으로 내려갔다. 발이 투박한데 밉지 않다고 상현은 생각했다. 여희는 밤공기가 쌀쌀해서인지 발이 저려서인지 발가락을 꼼지락거렸다.

"혜원의 것도 좋은 그림이고요?"

상현의 대답이 얼마간 미뤄진다. 여희의 눈이 상현을 삼킬 듯하다. 상현이 벽에서 등을 뗐다. 방바닥에 닿아 있던 그의 오른쪽 검지 끝이 꼬물꼬물 움직였다. 마치 지두화(指頭畵)[11]를 그리듯.

"몇몇은, 그저 좋다고만 할 수 없는 그림이지요."

묘한 대답이다. 어떤 게 그런 걸까? 어떤 게 그저 좋다고만 할 수 없는, 아주 좋은 그림일까? 그 그림들은 그림으로 좋은 걸까, 춘화로서 좋은 걸까? 보통의 좋은 그림과 좋은 춘화는 다를까? 다르겠지. 다르다면 뭐가 다르지? 여희의 머릿속이 물음들로 들이찼다. 그 가운데 하나를 꺼내 입으로 옮겼다.

"그저 좋다고만 할 수 없으면, 특별하다는 거겠지요? 그런데 그 특별함은 상현 서방님한테만 그런 건가요?"

"부인하진 않겠습니다."

하기 힘든 대답일 텐데 머뭇거리지 않고 나왔다.

"얼마나 특별한 것인지 물어봐도 될까요?"

"이미 물었네요."

노림수 없는 농담. 그저 농담일 뿐인 농담. 듣고 나면 마음

---

11) 붓 대신 손끝이나 손톱에 먹물을 묻혀 그리는 그림으로, 산수와 인물화조에 모두 능했던 청나라 초기의 화가 고기패(高其佩:1662~1734)가 지두화로 유명했다.

이 개운해지는 농담.

"호호, 그렇게 되나요?"

여희는 웃음 끝에 답을 요구하는 눈빛으로 상현의 두 눈을 쏘아보았다. 얼마나 특별한 거였소? 어떤 영향을 받은 거요?

"큰 영향을 주었지요."

이번에도 상현은 머뭇거림 없이 대답했다. 여희의 입과 눈에 미소가 머금어졌다.

"큰 영향을 준 것 하나쯤은 맞출 수 있을 것 같네요."

처음으로 상현의 얼굴에 웃음기가 돌았다.

"내기는 마십시오."

"호호, 내기를 하렸는데."

"나 같이 속된 안목이 어찌 천하의 기모(妓母) 눈을 피할 수 있겠습니까."

"안목이 어디 나이 따라가나요. 소첩이 틀릴 수도 있지 않겠어요?"

"내가 보기엔 틀리지 않을 것 같은데요."

"대답을 듣지도 않고 제가 맞추리라 생각하셨다니 저로서야 더한 영광이 없겠으나, 자꾸 그러시니 입이 간지러워 참기가 힘듭니다."

"그 간지러운 입으로 할 수 있는 게 따로 있지 않을까요?"

사이좋은 부부인 양 농담이 오가는 사이에 두 사람의 간격이 꽤나 줄었다. 여희가 상현에게 다가간 것도 다가간 거지만 벽에서 등을 뗀 상현의 몸도 여희에게로 꽤나 다가가 있었다. 피곤에 절어 생기 없던 상현의 얼굴에 결기를 닮은 기운이 자박하게 어렸다. 얼마 있지 않아 남녀의 상사가 일어날 것만 같이 둘을 감싼 기운에 열마저 떴다. 슬그머니 여희의 손이 상현의 바지 위로 건너간 것과 바닥을 짚고 있던 상현의 손이 그녀의 손목을 잡은 건 거의 동시였다.

"상현 서방님이 혜원의 그림에서 유난하게 생각하는 건, 아마도, 월하정인일 겁니다."

여희의 입김이 상현의 귓불에 닿았다.

"역시 내기 안 걸기를 잘했군요."

상현은 눈길을 내려 여희의 손에 쥐어져 있는 자신의 그림을 보았다. 혜원의 월하정인(月下情人)과 많이 닮은 그림이었다. 견본이라 거칠게 속사(速寫)한 것이지만, 담 그늘에 기댄 두 남녀의 표정은 눈앞에서 보는 듯 살아 있었다. 달밤이 아니라 햇살 밝은 날 매화꽃 흐드러진 어느 집 담벼락이니 '월하'라 할 수는 없었다. 하지만 그림 속 두 사람이 남몰래 밀어를 속삭이며 정을 나누는 사이임은 부인하지 못했다.

정인(情人)

해가 지고도 한참이 지났다. 해가 지기 시작하면서 시끌시끌하던 바깥채는 가야금 소리와 어울려 기생들의 낭랑한

가락이 이어졌다. 한 곡조가 끝날 때마다 감탄이 터지고 과장스런 사내들의 웃음이 뒤따랐다. 이제 한 식경만 더 지나면 담벼락 어느 언저리에서는 지린내가 풍겨 나올 것이다. 뒷간을 코앞에 두고도 못 찾는 자들과 아예 찾으려 들지조차 않는 자들이 번갈아 내지른 오줌이 거름이 되어 담벼락 아래엔 유난히 닭의장풀이 우거져 있다. 술 못하는 자들의 웩웩거리는 소리가 들릴 즈음이면, 주재(酒齋) 밖에는 말들이 히힝거리는 소리가 들릴 것이다. 도성 안에 집이 있는 자들은 도성문이 닫히는 이경(二更)[12] 전에 부지런히 말을 몰아야 할 것이다. 아예 성 밖에 살거나 성 안에 살더라도 작정하고 술추렴에 나선 자들은 말머리를 돌리는 친구를 향해 한바탕 육두문자를 날리고는 돌아와 돈꾸러미를 던져놓고 질펀하게 마실 채비를 차리는 게 이때쯤이다.

그 즈음의 안채.

바깥채와는 달리 농사재(弄思齋)는 교교한 적막에 싸여 있다. 지난 닷새 내내 그렇긴 했다. 바깥채가 시끌시끌하면 할수록 안채의 적막은 더 깊고 짙었다. 오늘도 여전하나, 냄새가 좀 다르다. 향기라고 해야 하나. 그동안 먹 냄새만 가득하던 기다란 방 안에 알싸한 분 냄새가 스몄다. 분 냄새만도 아니다. 분 냄새를 다 지우지 못한 땀내가 제법 흥건했다. 분내

---

12) 하룻밤을 다섯으로 나누었을 때 둘째 부분으로, 밤 9시에서 11시 사이. 이때 도성문이 닫히고 통행금지기 실행되었다. 1458년(세조4) 이전에는 더 일찍 도성문이 닫혔다.

는 뭐고, 땀내가 나는 이유는 무얼까.

빠끔히 열린 들창으로 인왕산을 막 넘어온 보름달이 어두운 방 안을 밝혔다. 그 밝혀진 달빛에 남녀의 나신이 하나가 된 채로 움직이지 않았다. 얼마나 지났을까, 무겁게 깔린 고요를 딛고 여자의 목소리가 들려온다.

"예성지야에 낭군이 읊은 절구 두 수에 화답한 시를 아시는지요?"

젊은 남자의 벗은 몸이 옆으로 돌아 원숙한 여체를 마주했다. 남자는 여자의 가슴에 손바닥을 올려놓고는 별말이 없었다. 예성지야(禮成之夜)는 혼례를 올린 날 밤, 그러니까 첫날밤을 말한다. 그 밤의 잠자리에 들기 전 초야주를 마시는데 신랑이 절구 두 수를 지어 읊었고, 신부가 거기에 화답해 시를 지었다는 것 – 여자가 한 얘기는 그것이었다.

상현은 알지 못하는 일이고, 알지 못하는 시였다. 상현의 침묵을 모른다는 답으로 받아들인 여희가 대답을 기다리지 않고 시를 읊조렸다. 나이답지 않게 음성이 낭랑하다.

十八仙郎十八仙(십팔선랑십팔선)
洞房華燭好因緣(동방화촉호인연)
生同年月居同閈(생동년월거동한)
此夜相逢豈偶然(차야상봉개우연)

새신랑은 열여덟, 새각시도 열여덟

깊은 밤 꽃촛불, 이리 좋은 인연일세

같은 해 같은 날 태어나 같은 마을에 살았으니

이 밤의 만남에 어찌 까닭 없으리

"전혀 처음 듣는 건 아닌데, 작자가 누구인지 기억에 없네요."

여희의 읊조림이 끝나고도 한참이나 지나서야 상현이 말했다. 난해할 게 없는 시였지만, 시에 담긴 사연이 미묘했다. 실제로 같은 날 세상에 나온 남녀가 있어 부부의 연을 맺었다면 뭔가 까닭이 있으리란 생각은 당연한 것이었다. 여희의 부드러운 손길이 한참 어린 신랑을 어르는 듯 수염이 돋은 상현의 코밑을 장난스레 문질렀다.

"삼의당(三宜堂) 김 씨라는 여인이 작자랍니다."

"아, 그러고 보니 생각이 나는군요. 태어난 해도 같고 달도 같고 날과 시도 같은 남자와 부부의 연을 맺었다는 그 사람."

"똑똑도 하셔라."

박호민이 언젠가 그 김 씨의 문집을 빌려준 적이 있었다. 그걸 빌려주면서 기이한 인연에 대해 얘기해주었다는 걸 상현은 기억해냈다. 문집 안에서 본 시들이 앞뒤 없이 떠올랐다.

"내가 본 문집에 이별의 설움을 겪고서 쓴 시가 하나 있더이다. 그걸 혹 아시오?"

이번엔 상현이 물었다. 여희가 또 한 번 장난스레 그의 코
밑을 쓸었다. 그리곤 후루루 읊었다.

鏡裡誰憐病已成(경리수련병이성)
不須醫藥不須驚(불수의약불수경)
他生若使君如我(타생약사군여아)
應識相思此夜情(응지상사차야정)

거울 속 병든 몸을 누가 가여워하리
약으로도 못 고쳐 놀랄 일도 아닌 것을
다음 생에 그대 내 신세 된다면
님 그리는 이 밤 내 마음을 아마도 알리

"뭐지요?"
"뭐가요?"
"한날한시에 태어나도 남자는 남자였던 거란 얘긴가요?"
"상현 서방님이라면 어떻겠어요?"
"나라면요?"
"그래요. 그대라면요?"
꼬리를 문 물음들이 이어지는 동안 두 사람의 손은 부지
런히 서로의 몸을 스치고 더듬고 흔들리고 빠져들었다. 짧
고 강한 숨결들이 얽혀 돌풍을 만들어가던 어느 순간, 상현
의 손이 얼어붙은 듯 멈추었다. 상현의 귓불에 닿아 있던 여

희의 입술이 가만가만 움직인 직후였다. 숨을 빨아들이며 여인의 몸도 굳었다.

"......!"

여인은 괜한 얘기를 꺼냈다는 자책이 물을 끼얹듯 덮쳐왔다. 얼어붙었던 상현의 몸이 어둠 안에서 일어났다. 들창으로 미끄러져 들어온 달빛에 상현의 가슴이 환히 드러났다. 그쪽으로 건너오는 여인의 손을 상현이 가만히 걷어냈다.

"어디서 들었습니까? 자형이 그럽디까?"

"어디서 누구한테 들은 게 중요합니까?"

"따지는 게 아닙니다."

"저도 따진다고 생각하지는 않아요."

"그러니 누가 그런 거짓말을 한 거냐니까요?"

"있지도 않은 말이라면, 역정 낼 일이 아니지요."

맞는 말이었다. 상현은 낮게 숨을 토해냈다. 여희라면 장안의 소문이란 소문은 듣고 꿸 사람이었다. 하지만 그 소문들 안에 자신의 얘기까지 끼어 있을 줄 상현으로선 미처 짐작하지 못했다. 막상 듣고 보니 가슴이 덜컥 내려앉았다.

거짓말이라고만 할 수 없다. 있지도 않은 말이라고 우길 수만도 없다. 그러나 사람들의 입에 올라서는 안 될 얘기였다. 그건, 그렇게 되는 건, 불씨가 될 일이었다. 조용히 꺼질 불씨가 아니었다. 곁에 온갖 섶들이 놓인, 옮겨붙으면 큰불이 되어버릴 불씨였다.

"정승을 지낸 김자청이 몹시도 아끼는 조카가 있는데, 그

사람은 혼인을 했으나 정인이 따로 있다. 그 정인은 천륜에
어긋나는 사람이다."

좀 전 여희의 입에서 나온 말이었다. 그 말이 다시금 상현
의 머릿속을 휘저었다.

여희가 이불 가에 벗어놓은 옷들을 끌어당겨 맨몸에 걸치
기 시작했다. 상현이 돌아앉은 여희의 어깨를 두 손으로 거
머쥐고는 자신의 쪽으로 돌려세웠다. 달빛에 드러나는 새하
얀 여인의 가슴이 출렁였다. 여희가 어깨에 걸쳐진 상현의
손에 자신의 손을 얹으며 어금니를 굳게 물었다.

짧지 않은 침묵 뒤에 여희의 입술이 열렸다.

"사랑이란 게 무엇인가요? 때로는 천륜도 넘어서는 것, 그
런 거 아닌가요?"

여희의 물음에 상현은 답을 하지 못했다. 답을 해야 할 물
음이 아니었다. 그러나 그녀의 물음은 답을 구하고 있었고,
그 또한 답을 해야 할 것 같았다. 눈앞에 상희의 해맑은 얼굴
이 떠올랐고, 쉽게 지워지지 않았다. 상희의 얼굴이 어둠에
싸인 여희의 얼굴과 겹쳐졌다. 여희의 어깨에 얹혔던 상현
의 두 손이 여희의 얼굴로 옮겨갔다. 손바닥에 전해진 여희
의 두 볼이 뜨거웠다. 상현의 굳게 다문 입술은 영원히 열리
지 않을 것 같았다. 힘없이 드리워져 있던 여희의 손이 상현
의 굳은 입술로 건너왔다.

제8장

도깨비와 노닐다

종이 잡아먹는 귀신

장악원 퇴기 여희가 운영하는 은평 색주가에 예정했던 보름에 보름을 더 머물고서야 상현은 집으로 돌아갔다. 그 한 달 동안 색주가 별채에 머물며 상현이 한 것은 물론 춘화도의 밑그림을 그리는 거였다. 하지만 그건 그림을 그린 것이 아니라 힘겨운 노동을 했다고 해야 옳았다. 한 달은 차치하고, 애초에 예정했던 보름 동안에만 무려 7백 장의 습작화를 그려댔으니 지나친 표현도 아니었다. 전지의 반 크기인 반절지에 밀도가 작품지보다 낮은 연습지를 사용했지만, 종잇값만 해도 쌀 한 섬이 넘었다.

"습작화를 저렇게 많이 그려낼 필요가 있습니까?"

보다 못한 여희가 볼멘소리를 냈을 때 박호민이 싱글싱글

웃었다.

"습작한 걸 보고 나면 얘기가 달라질 거요."

"습작한 걸 봐도 됩니까?"

박호민이 고개를 주억거렸다.

"화사님 서슬이 얼마나 시퍼런지 가까이 가기라도 하면 잡아먹히지 않나 걱정했지요."

"멀찌감치 떨어져 가면 눈치도 못 챌 겁니다. 그리는 데 빠지면 등잔 닿는 거리 바깥은 보이질 않는 친구지요."

어떻게 접근을 하나 궁리를 하던 여희는 대추와 인삼을 달인 물을 전해주러 온 것처럼 하고는 청마루의 문을 통해 방 안쪽으로 돌아 들어갔다. 잔뜩 웅크린 채 가만가만 세필을 움직이고 있던 상현은 과연 여희 쪽으로는 일별조차 하지 않았다.

"……!"

수북하게 쌓인 그림들 가까이 슬그머니 다가가 몇 장을 집어 들었을 때, 여희의 입이 절로 벌어졌다. 습작품을 보고 나면 생각이 달라질 거라던 박호민의 말은 사실이었다.

이후로 여희는 더 이상 불만을 표하지 않았다. 하지만 쌓여가는 습작들을 보는 마음이 편치만은 않았다. 사실, 아무리 많이 그려봐야 하루 스무 장을 넘지 못할 거라고 생각한 건 박호민이나 여희나 마찬가지였다. 그렇게 계산을 하고 넉넉히 준비한 것이 연습지 3백 장에 여유분 1백 장을 더해 4백 장이었고, 종이거간꾼을 청송의 지방(紙房)에 보내 직접 가져오게 했었다. 그런데 열흘이 지나지 않아 연습지를 모두 탕진하고 여유분으로 준비했던 종이들을 쓰기 시작하자 청송까지 사람을 보낼 시간이 없었다.

그래서 생각한 게 창의문 밖 세검정 북쪽에 있는 조지서(造紙署)였다. 그곳이라면 종이를 공급하는 데 시간이 문제될 건 없었다. 지폐를 만들 때나 왕실에서 쓰는 종이를 제작하는 조지서로 은밀히 사람을 보내 사지(司紙)에게 뒷돈을 주고 하자가 있어 폐기가 예정된 종이들을 구해온 것은 제법 볼만한 촌극이었다. 작정한 보름에 다시 보름을 더 넘겼으니 종이는 턱없이 모자랐고, 조지서 사지를 색주가로 모셔와 거나하게 취하게 하지 않았다면 종이를 대는 일은 가능하지 않았을 것이다.

그런 걸 아는지 모르는지 상현은 거의 식음을 전폐한 채 습작에만 몰입했다. 토시를 끼긴 했지만 온몸은 유탄(柳炭) 그을음에 절었고, 시꺼먼 먹물이 튄 모습은 숯밭을 뒹군 광인에 다름없었다.

"검둥개가 따로 없네, 쯔쯧."

밤을 꼬박 새운 상현의 몰골을 보고 어느 날 아침 여희가 혀를 차며 한 말이었다.

"얼핏 보면 도깨비인 것도 같고요."

그렇게 덧붙인 여희의 입 끝이 장난스럽게 비틀렸다. 도깨비라고 해놓고 보니 정말 도깨비인 것도 같았는데, 가만 보면 도깨비가 아니라 귀신이라 해야 더 옳았다.

오묘한 미소

"저 검둥개를 어여삐 여겨 그대가 잘 씻어주시게."

박호민이 농담을 던졌다. 하지만 농담만은 아니었다.

"씻긴다고 검둥개가 희어진답니까."

여희가 눈을 흘기며 받았다.

"그거야 어떤 정성을 얼마나 들이느냐에 달렸지."

"어떤 정성이라…… 그 뜻이 뭘까요?"

"그걸 내게 묻소? 허허, 그거야 정성을 들여야 할 사람이 알지 내가 어찌 알겠는가."

"정성이라고 했습니까? 제가 정성을 들여야 한다고요?"

"그렇지 않으면?"

"정성을 들이는 사람이 선달님이란 건 지나가던 중도 알 일인걸요!"

"지금, 중이라고 했소?"

"그랬지요."

"하기야, 단원의 운우도에 나오는 탈속한 스님이라면 알기도 하겠소만, 하하하."

그렇게 한참을 주거니 받거니 하는 사이에 해가 제법 떠올랐는데, 하녀가 들인 아침상을 머리맡에 둔 채 그대로 잠이 든 상현을 보고 두 사람은 굳게 입을 다물고 말았다. 웃음기가 사라진 박호민의 얼굴을 여희가 빤히 올려다보았다. 박호민이 여희의 손을 잡아끌고는 별채 툇마루에 엉덩이를 걸쳤다.

"그대가 보기에는 어떻소?"

"뭐가요?"

알면서도 되묻는 여희의 속셈을 모르지 않았지만 박호민
은 혀 하나 차지 않았다.

"뭐긴, 저 친구 그림이지."

"그림이라……."

여희는 선뜻 말을 잇지 않았다. 지난밤 짜릿한 방사(房事)
의 장면들이 마치 춘화첩을 넘기듯 스쳐 갔다. 얼른 그림 얘
기가 꺼내지지 않은 건 그 탓이었다. 마른 침을 삼키던 여희
의 목울대가 느리게 흔들렸다. 입가의 미소가 묘했다.

이른 아침에 늙은 말을 타고 온 박호민은 지난밤의 일을
전혀 알지 못할 터인데도, 여희는 괜히 뒷머리가 뜨끈했다.
스물둘 젊은이와의 방사에 특별함이 없었다면 거짓말이겠
으나, 뒷머리가 뜨끈해진 건 그 때문만이 아니었다. 상현이
가진 사촌누이에 대한 애틋함이 짐작한 대로였던 때문도 아
니었다. 그녀가 함부로 입을 떼지 못한 건, 공명에 신경조
차 쓰지 않는 상현을 보았기 때문이다. 벼슬에 생각조차 없
는 건 이해할 수 있었으나, 그에겐 아예 욕심을 내는 곳이 없
었다. 그 나이의 영민한 남자라면 누구나 품을 수 있는 욕정
조차 보이질 않았다. 그런 그가 가진 욕심이라곤 오직 그림
밖에 없었다. 그것이 긴 밤을 지내고 난 서른아홉 여인의 뒷
머리를 묵직하게 만들었다. 그것 자체가 기이하다면 참으로

기이한 일이었고, 함부로 입을 열 수 없게 만든 거였다.

"그림이 별로였다는 뜻은 아닌 듯한데?"

박호민이 여희의 표정을 살피며 눈을 가늘게 만들었다.

"호호."

"그 웃음을 뭐라 해석해야 할지 모르겠군."

여인의 입가에 다시 낮은 웃음소리가 머물렀다.

"그 웃음, 나쁘지 않다는 뜻으로 봐도 좋겠소?"

"나쁘지 않다고요? 그 말씀, 저 방 안 젊은 서방님이 들으면 몹시도 섭섭해할 텐데요."

그렇게 운을 떼놓은 여희는 습작품이긴 했지만 그동안 자신이 본 상현의 그림들에 대한 감상을 조곤조곤 늘어놓기 시작했다.

도깨비의 그림

여희의 얘기를 듣는 동안 박호민의 입은 조금씩 벌어지기 시작했고, 무릎을 짚은 손바닥에 땀이 고여 몇 번이나 닦아내야 했다. 물론 그녀의 그림 보는 눈을 화상(畫商)의 그것에 비할 수는 없는 일이었다. 하지만 지금 자신에게 논하고 있는 것은 여느 그림이 아니었다. 남녀의 농탕이 담긴 춘화였다. 춘화에만큼은 그녀의 눈썰미가 화상의 그것이라 해도 과장은 아니었다. 어쩌면 한 수 더 위라 해야 옳을지 몰랐다.

그녀가 본 것은 그림이지만, 그 그림 안에 담긴 것들을 그녀만큼 절실하고 농밀하고 자세하고 쾌쾌(快快)하게 본 사람도 없기 때문이다.

"해서, 선달님 오시면 조건을 바꾸어야겠다 했지요."

"자꾸 나더러 선달이라 하는데, 이젠 그러지 마시오. 내가 본 건 초시뿐이고, 성균관에 들어갔으나 관두고 나온 지가 십 년이 넘소. 그러니 내게 벼슬이 내려질 리 만무한데, 선달이란 호칭이 가능키나 합니까."

정색은 하지 않았지만 박호민의 입에서 떨어진 문장은 매우 단호했다. 선달이란 문무과에 급제를 하고 아직 관직이 내려지지 않은 자를 부르는 말이니, 틀린 말이 아니었다. "아무튼," 하고 운을 뗀 박호민이 사람 좋은 웃음을 크게 한 번 웃고는 말을 이었다.

"그대 몫을 더 달라는 말이오?"

"오늘 새벽까지 생각은 확실히 그랬지요, 선……."

여희가 또 선달이라 그러려다가, 급히 박호민의 별호에 어른을 갖다 붙이고는 어색하게 웃었다. 박호민이 그러잡은 여희의 손에 힘을 주며 물었다.

"생각이 그새 바뀌었단 말이지요?"

"네. 생각이 바뀌었어요. 저 사람이라면 제가 양보하기로요."

박호민이 혀끝으로 입술을 핥았다. 이 영리한 여인의 생각을 바뀌게 한 상현의 그림이 어떤 것인지 궁금했다. 습작을 보게 되면 생각이 바뀔 거라 한 것은 자신이었는데, 정작 그걸 의심한 것도 자신이라는 게, 섬뜩하고도 웃겼다.

"처음대로 저는 삼 할에 만족하렵니다."

여희가 또렷한 음성으로 말했다. 그녀의 말끝에 미소 한 조각쯤 입가에 달아놓을 만도 한데 박호민의 표정은 어느 때보다 굳었다. 별채의 열린 창으로 무겁게 돌려진 그의 고개는 얼어붙은 듯 다시 돌려지지 않았다. 박호민의 시선은 방 한쪽 구석에 쌓아올려진 종이무덤에 꼼짝없이 붙들려 있었다. 그러다 박호민의 눈길이 여희에게로 다시 돌아왔다. 박호민의 눈길이 돌아오기를 기다렸다는 듯 여희의 연지 찍힌 빨간 입술이 열렸다.

"이매망량을 아시지요?"

박호민이 미간에 주름을 만들었다.

'왜 난데없이 도깨비 얘기를?'

이(魑), 매(魅), 망(魍), 량(魎) – 한 글자 한 글자가 모두 '도깨비'를 가리킨다. 이 글자들을 다 모아 놓으면 도깨비가 사는 굴에 잡혀가 혼줄 빠지게 고생한다는 뜻이다.

"저 화사님의 그림이 어떠했냐고 물으셨지요? 소첩이 본 것은, 아무래도 이거나, 매거나, 망이거나, 량이었던 것 같습니다."

박호민의 고개가 저절로 끄덕여졌다.

"흐흐, 그대 입에서 나온 도깨비라면 허드레 귀신은 아닐 터."

"어쩌면 제 정신머리가 아직 온전해지지 않았을지도 모르겠네요."

그렇게 말하는 여희의 눈에서는 정말 몽롱한 운향이 흘러나오는 듯했다. 박호민의 손이 여희의 팔죽지 오목하게 들어간 자개미를 꽉 쥐었다. 여희의 목에 힘줄이 돋았다.

"이제, 그 도깨비 얘기를 내게 좀 자세히 들려주지 않겠소?"

박호민의 혀끝이 다시금 제 입술을 훑았다. 미소가 엷게 어린 여희의 눈 흰자위에 실금처럼 자디잔 핏줄이 발갛게 일어서고 있었다.

제9장

사랑이 가는 자리

무엇을 묻는가

　명례방, 상현의 집.

　달포 만에 집으로 돌아온 상현을 맨 처음 맞은 것은 아내 해주 윤씨의 불안한 눈빛이었다. 짐짓 모른 척 피한 터라 찰나에 스친 것에 불과했지만 상현은 그 눈빛을, 눈빛에 실린 감정을 한 가닥도 놓치지 않았다. 놓칠 수가 없었다. 평온했으나 파도처럼 일렁였고, 고요했지만 온갖 소리들이 비어져 나왔다.

　그는 말없이 갓을 벗어 아내에게 내밀었다. 갓을 받아든 윤씨 또한 아무 말 하지 않은 채 갓걸이를 향해 몸을 돌렸다. 그때, 걸음을 떼려던 윤씨의 어깨에 상현이 가만히 손을 얹었다. 수만 가지 감정이 깃든 손길이었다.

'무엇을 얘기할 수 있을까?'

상현에게 또렷한 거라곤 그 한 가지뿐이었다. 아무 얘기도 할 수 없다는 것. 무슨 얘기를 하더라도 변명이고, 허드레 잡설에 불과하다는 것. 그러니 정작 할 수 있는 얘기가 없다는 것. 세상은 드넓으나 한 줌 숨 쉴 공기조차 없다는 것.

어떤 얘기를 할까 고뇌하지 않아도 되었던 저 먼 시절이 눈앞을 스쳤다. 그 스치는 장면 속에 아버지의 부음을 듣고 충청도에서 찾아온 백발 성성한 노인 한 분이 빈소 한구석에 놓고 간 백자 벼루가 있다. 아버지의 유품인 양 그 벼루를 보듬고 잠들면 꿈에서 아버지를 만났다. 아버지는 가로로 길게 종이를 펴놓고는 하늘 천(天)과 빌 공(空)과 바다 해(海)와 툭 트일 활(闊), 네 글자를 날렵하고 가벼운 필치로 쓴다. 그리곤 "이 글씨는 왕담재(王澹齋)[13]의 것이다. 바람처럼 가볍지만 흐트러지지 않고, 얇은 검처럼 날렵하지만 깊게 베어내지 못하는 것이 없다. 글을 쓰려 하면 쓰려는 문장에 맞는 글씨가 따로 있으니 넓게 빈 하늘과 바다마냥 툭 트인 것을 담재의 글씨로 쓴 뜻을 알겠느냐?" 하고는 "담재는 연못가에서 글씨 쓰기를 좋아해 벼루를 씻은 물이 검어져 묵지(墨池)라 했단다. 상현아, 좋아하면 빠져들고, 빠져들면 헤어나지 못하고, 헤어나지 못하면 제 주위의 것을 상하게 하는 법이

---

13) 왕희지(王羲之:303~361). 모든 서체에 독보적으로 뛰어났던 중국 동진시대의 서예가. 역시 서예에 뛰어났던 일곱째 아들 왕헌지(王獻之:348~388)와 함께 '이왕(二王)'으로 불린다.

다. 문장과 글씨를 헤아려 쓸 줄을 알아도 빠져들어 헤어나지 못하고 제 주위의 것을 상하게 할 수도 있으니, 늘 스스로를 돌아보고 또 돌아보아라." 하고 말했다. 어린 상현은 아버지의 말씀이 무슨 뜻인지를 명확히 알 수가 없다. 까닭 없이 한줄기 눈물이 주르르 흐른다.

그런 시절이 있었다. 그 시절은 너무 짧았다. 그리고 이제는 돌아갈 수 없다. 스물둘의 상현은 문득, 마흔둘, 쉰둘, 예순둘이 된 듯 마음이 무거웠다.

"……."

상현에게로 돌아선 미령은 굳은 듯 움직임이 없었다. 그녀 역시 상현과 다르지 않았다. 할 말은 많았지만, 정작 할 수 있는 말이 없다는 걸 느꼈다. 미령은 상현의 눈을 지그시 바라보기만 했다. 그 사이 그녀의 눈에 깃들어 있던 불안한 기운도 많이 스러졌다. 자박하게 깔려 있던 물기도 증발되고 없었다.

기 억 저 편

한 달 만에 마주한 남편이었다. 하지만 원망 같은 건 없었다.

기실, 해주에서 시집을 올 때부터 그녀의 몸과 마음을 온통 휘감고 있던 건 냉담 하나뿐이었다. 김상현과의 혼인은 애틋하게 사랑했던 사람과의 별리를 의미했다. 아버지가 그저 장사꾼으로만 살았다면, 양반의 호적을 살 수 있을 만큼의 돈이 없었다면, 있지 않았을 이별이었다. 쓰리고 아팠다. 꼭이 어디가 쓰리고 아픈지는 알 수 없었다. 가슴이 아프고 쓰렸지만, 가슴만이 아니었다. 온몸이 그랬다. 몸만이 그런 것도 아니었다. 보이지도 잡히지도 않는 마음이란 것이 마치 수백 년을 살아온 거목으로 변해 이파리 하나하나를, 가지 하나하나를, 껍질 하나하나를 뜯어내고 찢어내고 벗겨냈다. 뜯겨나가고 찢어지고 벗겨진 잎과 가지와 껍질에서 붉은 피가 배어 나왔다. 거목으로 변한 그녀의 몸에서 흘러내린 핏물은 그녀가 디디고 선 흙으로 스며들었다. 그렇게 흙으로 스며든 피가 모두 말라 거무튀튀한 흙빛으로 돌아갈 때까지 쓰라리고 아팠다.

그녀는 묵묵히 견뎌냈다. 그리고 자신도 놀랄 만큼 온갖 감정들이 휘발되어버린 것을 알았다. 혼례 날 처음 상현을 보았을 때 잠깐 흔들린 것은 상현의 반듯한 이목구비 때문이었을 뿐, 얼마 지나지 않아 그마저도 무감해져버렸다. 그녀가 사랑했던 사람에 비한다면, 상현은 그저 낯선 한 남자에 불과했다. 마음 안의 사람을 잊고 낯선 남자를 사랑한다는 건 바위를 산정으로 던져 올리는 것과 같았다. 낯선 남자의 손길이 자신의 몸을 더듬을 때 소름이 돋던 것은 남자를 아는 여자의 당연한 반응이었지만, 그 손길이 낯선 남자가 아니라 떠나온 남자의 그것이기를 바라는 애틋함이었다. 잊히지 않는 그 사람이 싫기도 했고 그 사람을 잊지 못하는 자신도 싫었지만, 그 싫음이 낯선 남자를 좋아하는 일로 변하기는 쉽지 않았다. 상현을 낯선 남자로 마냥 놓아두는 것도 싫었고, 그래서 사랑하려 애썼고, 그래서 손길이 닿을 때마다 그 손길을 간절히 기다린 듯 보이려 애썼다. 그러나 그것이 얼마나 무모했는지는 그녀 자신이 더 잘 아는 일이었다. 떠나온 사람을 잊는다는 건 그녀에겐 불가능한 일이었다. 그러니 상현과 여러 해를 살면서도 그에 대한 낯섦이 얼마나 변하였는지를 묻는 일은 의미가 없었다. 그녀의 마음에는 여전히 해주의 바다기슭, 자신의 온몸을 저리게 하던 누군가가 남아 있을 뿐이었다. 그 아스라한 기억 저편의 한 시절로부터 단 한 뼘의 차이도 없었다. 그리움도, 애틋함도, 쓰라림도.

"어딜 갔다 온 거냐고 왜 묻질 않소?"

상현의 손이 갓을 든 윤씨의 반대편 손을 그러잡았다.

"물으면 대답해주실 겁니까?"

상현의 입가에 미소가 머금어졌다. 하지만 오래 머물진 않았다.

"그림을 그리고 왔습니다."

"네, 그림요……."

여운을 남기는 아내의 말에 상현의 눈이 좀 커진 듯했다. 상현의 그 커진 눈이 무슨 일이냐고 묻고 있었다. 무슨 일인가 있었을 것 같았다. 한 달 동안 소식 한 장 주지 않고 집을 비웠으니 일이 나지 않았다면 더 이상했다.

윤씨의 손이 상현의 손아귀에서 가만히 빠져나갔다.

"어머님께 가보셔요."

갓걸이 쪽으로 돌아서는 윤씨의 몸에서 찬바람이 일었다. 보리를 베어낸 논에 벼가 심어지고, 그 논물이 점점 여위어 가는 하지가 내일모레였다. 그런 때에 인 찬바람에 상현은 어금니가 물리고 절로 주먹이 쥐어졌다. 팔뚝에 소름이 돋고 몸이 떨렸다.

'무슨 일이 있구나.'

속으로 뇌며 상현은 창으로 고개를 돌렸다. 그의 눈길이 파삭한 초여름 햇볕이 내리쬐는 마당을 건너갔다. 마당 건너 어머니의 거처로부터 기다렸다는 듯 또 다른 찬바람이 밀려들었다.

어둠의 그늘

사랑채로 들어서기 무섭게 묵중하게 내려앉은 기운을 느꼈던 상현은 어머니의 침소 문을 조심스럽게 열고 들어가 절을 올릴 때까지 모친과 눈길을 마주치지 못했다. 일찍 남편을 잃은 청상(靑孀)의 힘겨움을 감추는 법이 없었던 어머니였다. 딸 하나에 아들 하나에 불과하지만 일고여덟 자식을 건사하는 듯 몸과 마음이 고달픔을 시아주버니의 면전에 당당히 얼굴을 들고 얘기한 그녀였다. 아들처럼 귀하게 여

192

긴 동생이 불귀의 객이 되었으니 제수씨의 가족을 몰라라 할 위인이 아니란 걸 잘 알았지만 당신은 자신이 진 짐의 무거움을 알리는 데 주저하지 않았다. 그녀가 원하는 건 확답이었다. 거두어 달라거나, 굽어살피라는 따위의 말은 하지 않았다. 그렇게 하지 않는다면 어린아이들을 데리고 수표교 아래든 청계천변으로든 가겠다는 말 또한 하지 않았다. 하지만 나 몰라라 한다면 언제든 그렇게 할 것이라는 기세를 당당히 드러냈다.

상현에게 어머니는 엄한 아비의 몫까지 철저했다. 회초리를 댈 일조차 없을 만큼 반듯하게 자란 상현이었지만 매만 맞지 않았을 뿐 야단까지 듣지 않은 건 아니었다. 차라리 매를 맞는 편이 낫다 싶을 때도 적지 않았다. 말로 때리는 매가 회초리보다 맵고 차가웠다는 게 어린 시절의 상현이 어머니에 대해 아프게 기억하는 거의 전부였다. 상현이 혼인을 한 뒤에는 사라졌다 싶었는데, 상현의 아내 윤씨의 헛임신 소동이 있고 난 뒤 예전으로 돌아간 것 같은 느낌을 상현은 문득문득 느끼곤 했었다. 지금 그 불길한 기운이 밀물처럼 닥쳐왔다.

"백부님 댁에 머물렀더냐?"

단도직입으로 묻고 있지만 청송 심씨의 목소리엔 왠지 노기가 희미했다.

"아닙니다."

상현은 머뭇거리지 않았다. 둘러댈 생각을 접은 탓에 마음이 편했다. 하지만 불안함이 온전히 거둬진 건 아니었다. 다만, 어디까지 사실을 말해야 할지 정하지는 못했다. 거짓말만은 하고 싶지 않았다. 그런데 일단 백부의 집에 머무른 게 아니라고 대답을 해놓고 나자 겁이 났다. 춘화 밑그림을 그리며 달포를 색주가에서 보냈노라고 말할 수 없다는 건 명백했다. 머뭇거리지 않고 대답한 뒤에야 상현은 후회했다.

"많이 야위었구나."

심씨의 말에는 '그렇다면 어디에서 달포나 지냈느냐?'가 생략되어 있었다. 그 생략된 말을 새겨들으며 상현은 허리를 곧추세웠다. 어머니의 눈과 마주칠 엄두는 여전히 일어나지 않았다.

"여태, 남산에서 지냈느냐?"

그 말을 듣는 순간 상현은 갑자기 안심이 되었지만, "예," 하고 대답하려는 순간, "아니다," 싶은 생각이 일어났다. 매형의 별장에 있지 않았다는 걸 어머니가 이미 알고 있는 듯 느껴진 것이다. 상현은 굵은 침 덩이를 삼키고는 비로소 고개를 들어 모친의 눈을 응시했다. 그런데 상현이 어머니의 눈에서 본 건 희미한 노기조차 아니었다. 화는커녕 그것은 깊은 연민이었다.

"무슨 일이 있었습니까?"

상현은 숨을 죽여 내쉬고 들이쉬었다. 꿇은 무릎에 힘을 뺐다. 무릎에서 빠져나간 힘이 발가락 끝에 모아졌다. 발이 저려왔다.

"무슨 일이 있었던 것 같기는 하느냐?"

"어머니."

심씨의 연민 가득한 눈길이 아들의 얼굴을 안타깝게 쓸었다. 어둠에도 그늘이 있다면, 지금 그가 보고 있는 어머니의 얼굴에 드리워진 그것이 그랬다. 연민은 그 자체로 어두운데 그것보다 더 어두운 그림자가 당신의 얼굴에 가득했다. 어둠의 그늘 안, 깊숙한 곳에 어머니의 잿빛 눈이 또 어둡게 놓여 있었다.

어두운 눈에서 비어져 나온 그늘을 닦아내듯 상현은 손바닥으로 코밑과 입 주변을 쓸었다. 생각 같아서는 당장에라도 방을 나서고 싶었다. 어디 몸을 기대면 금방이라도 잠에 빠져들 것 같았다. 한 달여 동안의 달콤한 노역이 온통 쓰라림으로만 느껴졌다.

저린 발

"에두르지 않고 물으마. 너도 에두를 생각은 말아라."

경상(經床) 위에 올려놓은 심씨의 오른쪽 손 손등의 파리한 힘줄이 가늘게 떨렸다.

"세자 저하를 피한 것이냐?"

대답할 수 없었다. 세자와 동무를 하라던 백부의 청을 거절하지는 않았지만, 거절을 한 것이나 마찬가지였다. 아무런 언질도 주지 않고 한 달이나 사라졌고, 결국 세자를 피했다는 게 맞는 말이었다. 하지만 그 속 깊은 곳으로 들어가면 틀린 말이기도 했다.

"이유가 무엇이냐?"

'이것이었구나.'

상현은 속으로 중얼거리며 저린 발가락에 힘을 넣었다.

"에두르지 말라고 하셨으니 그러지 않겠습니다. 처음 백부님 얘기를 들었을 때, 제 생각은 백부님의 생각과 달랐습니다. 그러니 피한 것이 아닙니다."

"어떻게 달랐더냐?"

"세자와 동무를 한다는 게 말이 되질 않는다고 생각했습니다. 그런 생각을 백부님께 분명히 전하진 않았지만, 백부님께서도 제 생각을 아시리라 여겼습니다."

"백부님은 그렇게 말씀하지 않으셨다."

"어찌 말씀하셨는지요?"

목소리는 높이지 않았지만 대드는 것에 진배없었다. 그걸 깨닫고 말을 바꾸었다.

"백부님께 확연히 말씀을 드리지 못한 것은 제 잘못이라 할 수 있겠으나, 처음부터 제가 받아들일 수 없는 제안이었습니다."

"그렇더냐? 그게 정녕 네 마음이더냐?"

다그쳐 묻는 어머니의 물음에 상현은 작지 않은 회한이 일었다. 큰아버지 김자청의 뜻을 헤아리지 못한 게 아니라는

196

것도, 그것이 그로서는 받아들일 수 없는 제안이라는 것도 거짓은 아니었다. 하지만 그렇게 생각한 이유를 따져본다면 어머니가 말하는 그 '마음'이라는 것에 걸렸다. 그래서 그의 마음이 온전히 편치만은 않았다. 세자와 백부의 얘기가 나왔을 때부터 떠오른 한 얼굴이 지금 상현의 뇌리를 맴돌고 있었다. 그걸 마치 두 눈으로 본 듯 심씨가 입을 열었다.

"상희 때문은 아니고?"

상현의 입이 벌어졌다. 한번 벌어진 상현의 입은 다물어지지 않았다. 상현의 어머니는 마치 검투를 벌이는 무사처럼 상현을 몰아세웠다.

"그래서 기생집이라도 갔더냐? 그런 곳에서 달포씩이나 머물렀더냐? 네게는 정혼한 아내가 있다. 그 사람은 무엇이냐? 네 맘이 시키는 대로 하고 네 맘이 끌리는 대로 한다면 그 사람은 어떻게 하라는 거냐? 그 사람이 네 물건이더냐? 네가 만지면 만져지고, 내버리면 내버려지는 물건이더냐?"

상현은 몸에서 피가 빠져나가는 것 같은 느낌이었다. 저리던 발의 감각도 사라져갔다. 천근 같던 몸이 나뭇잎처럼 가벼워져 바람이라도 불면 날아갈 것 같았다.

"내 마음이 시키는 대로 하면, 그렇게 하면 달라질 것 같더냐?"

여전히 상현은 입이 떼어지지 않았다. 뗄 수가 없었다.

"어리석은 것!"

어머니의 낮고 카랑한 목소리가 뇌성보다 요란하게 상현

의 고막을 찢었다.

"상희가 장차 왕비가 된 뒤를 어찌 생각지 못한 것이더냐?"

은평 색주가 별채에서 한 달을 머무는 동안 일어난 것이라고는 믿어지지 않는 일이었다. 하지만 그것은 한 달 동안의 일이 아니었다. 지난 봄밤, 백부와 술잔을 기울이며 완곡하지만 당신의 청을 거절하는 뜻을 내비치기 전부터 이미 진행된 일이었다.

김자청이 상현을 불러 세자의 동무가 되라고 한 것은 상현이 아니라 상희의 일 때문이었다는 것 - 짐작만 할 뿐이었던 그것은, 사실이었다. 상현이 고개를 저었다. 알지 못했다고, 짐작이라고 할 수만은 없었다. 세자가 백부의 집에 머물기로 했다는 것은 다른 얘기일 리 없었다. 그건 세자로 하여금 상희를 보게 하고, 상희에게 세자를 보게 하는 일이었다. 그걸 상현이 몰랐다고 하기는 힘들었다. 아니라고, 아닐 것이라고, 궁궐에서 세자를 잠시 빠져나오게 하기 위한 것일 뿐이라고, 그럴 거라고 믿고 싶었을 뿐이었다.

'상희도 알고 있었을까.'

상현은 도리질을 멈추고 속으로 물었다.

'상희가 알았다면 내게 말하지 않았을 리 없다.'

하지만 그 순간, 녹우재에서 상희를 연습지에 그리던 때의 일이 뇌리를 스쳐 갔다. 내일이면 이별하는 사람이 되어 그 이별하게 될 사람의 눈을 바라보라 주문했던.

상현은 무너지려는 몸을 다투어 꼿꼿하게 폈다. 그가 발을 끊었던 녹우재에서 무슨 일이 일어났는지를 상상하기는 싫었다. 하지만 생각과는 달리 상상은 저 혼자 활개를 치며 날았다. 세자는 백부의 집으로 옮겨왔다. 상현이 머물던 녹우재 아래 사랑채를 썼고, 정자에 나와 바람을 쐬기에 좋은 날씨들이었다. 상현이 하리라 했던 세자의 말벗을 상희가 대신해 주었을 것이고, 상현이 걸었던 숲길을 세자가 걸었을 것이고, 그 곁에 상희가 있었을 것이다. 둘의 걸음이 정자에 멎고, 나란히 거기 올랐을 것이다. 상희의 눈길이 나비를 쫓았을 것이고, 상현의 머리가 뉘었던 상희의 무릎에 세자의 머리가 얹혔을 것이다.

"어머니."

상현의 커진 눈에 물기가 고였다.

"처음부터……."

상현은 메인 목을 침을 삼켜 풀었다.

"백부님 생각이, 처음부터 그랬던 겁니까?"

"어리석은 것."

가늘게 접힌 심씨의 눈에도 물기가 맺혔다.

"어디까지 알고 계셨습니까?"

상현의 코끝이 붉게 물들었다. 심씨의 눈에 연민이 사라지고 감추어져 있던 노기가 올라왔다.

"어디까지냐 물었느냐?"

"예."

상현은 굳게 어금니를 깨물며 물었다.

"어머님께서는 어디까지 알고 계셨습니까?"

"모두 다."

"누구까지 알고 있는 겁니까?"

"어리석은 것……."

심씨의 볼을 타고 눈물이 흘렀다.

"그러네요. 참으로 어리석었네요. 참으로……."

상현의 떨리는 음성이 꽉 다문 이빨 사이로 비어져 나왔다. 그는 몸을 일으키려고 꿇었던 다리를 풀었다. 하지만 몸은 꼼짝하지 않았다. 종일 도깨비와 놀다 집으로 돌아오니 아무도 알아보지 못했다는 고사 속 어리석은 선비처럼.

"어머니, 이제부터 소인을 잊으십시오."

"어리석은 것!"

상현이 겨우 몸을 일으켜 어머니의 방을 나설 때까지 외아들에 대한 회한 가득한 그 말은 심씨의 입에서 수없이 되뇌어졌다. 어리석은 것! 어리석은 것! 어리석은…….

사랑이 머물렀던 곳

백부의 집 솟을대문을 지나온 상현의 걸음이 자꾸만 녹우재로 통하는 뜰 뒤편 길로 틀어졌다. 아예 그곳으로 출근하듯 했을 때는 용납이 되었지만, 지금은 사정이 그렇지 않았다. 그가 가야 할 곳은 녹우재가 아니었다. 그곳으로는 갈 수 없었다. 가서는 안 되었다. 그가 갈 곳은 김자청이 낮 동안 머무는, 대방(大房)과 두어 칸 떨어진 부실재(不失齋) 외엔 없었다. 왜 서른 날이 되도록 걸음을 끊었는지, 백부 앞에 앉아 그 이유를 알리는 것만이 지금 그가 할 수 있고 해야 할 유일한 일이었다.

'빙충이가 따로 없구나.'

그는 걸음을 멈추고 고개를 떨구었다. 그렇게 멈춰진 걸음이 좀체 떨어지지 않았다. 행랑아범이 지나다가 목례를 하며 편찮으냐고 물은 것 외엔 여느 하인들은 아무 소리도 없이 스쳐 갔다. 여름 땡볕이 등을 달구고, 그림자가 제법 길어질 때까지 그는 목석이 된 양 움직이지 못했다. 그러면서도 그의 머릿속은 복잡하게 얽히고, 요란한 소리들이 울렸다.

'이걸 정돈하지 않으면 어떤 일을 저지를지 모른다.'

그 생각 하나를 붙든 채로 상현은 버티고 섰다. 얼마의 시간이 지났을까. 녹우재 쪽에서 흐드러지는 웃음소리를 들은 것 같았다. 그럴 리 없었다. 말이 울어도 들리지 않을 거리였다. 제 마음이 만들어낸 것이 분명했지만, 그렇게 들려오던 웃음소리가 잦아지고 마침내 고요해질 때까지 상현은 두 다리에서 힘이 빠져나가지 않도록 애썼다.

'지독하구나. 지독하구나.'

고요히 가라앉은 그의 가슴 깊은 곳에서 폐허와도 같은 먼짓가루가 일었다. 그리고 그는 첫 발을 떼었다. 상현의 걸음은 더디고 느렸다. 더디고 느린 걸음이 채 서른 보가 되지 않은 거리의 중문(中門)을 지나는 데 한 식경이나 걸린 듯했다. 안뜰로 들어서서는 또 허수청[14] 처마 밑에서 멈추었고, 시간을 잡아먹었다. 가라앉았던 가슴이 다시 뛰고, 귓바퀴는 자꾸만 녹우재를 향했다. 상희의 까만 눈썹이, 진달래 빛 입술이, 빗물처럼 흐르는 목선이…… 그림으로 그려졌다. 파리한 힘줄이 드러난 가늘고 긴 손가락이, 연홍색 손톱이, 상현의 손에 닿을 듯했다.

또 얼마의 시간이 흘렀다.

억지로 뗀 걸음이 거무스름한 나무기둥, 대청마루, 누르께한 화강석 첨돌 앞에 멈추었다. 상현은 고개를 들어 바람처럼 날렵하고 얇은 검처럼 가벼운 왕희지의 필체를 모사한 현판을 보았다.

아닐 부(不), 잃을 실(失).

현판의 글씨는 일찍 세상을 뜬 상현의 부친이 썼다. 김자청은 마치 젊어 죽은 아우를 기리듯 낮 동안은 늘 그곳에 머물며 책을 읽고, 먹을 갈고, 글을 썼다. 상현이 백부 앞에서 처음 매화를 쳐 보인 곳이기도 했다. 김자청이 상현에게 현판의 글씨를 아버지가 썼다는 것과 '부실'의 의미가 무엇인지를 일러준 곳도 거기였다. 공자께서 말씀하셨다. 군자는

---

14) 높은 벼슬아치의 집에 찾아온 손님이 잠깐 들러서 쉬거나 기다릴 수 있게 마련한 방.

남의 앞에서 바른 자세를 잃지 않아야 하고(不失足於人), 안색을 잃지 않아야 하며(不失色於人), 말의 바름을 잃지 않아야 한다(不失口於人). 그러니 늘 용모는 두렵게 하고(貌足畏), 안색은 조심스럽게 하며(色足憚), 말은 믿음이 가도록 해야 한다(言足信).[15]

"……!"

상현의 고개가 아래로 떨어졌다. 마치 누군가가 완강한 힘으로 상현의 뒷덜미를 찍어 누르는 것처럼, 머리에 얹힌 갓이 곤두박질이라도 칠 듯, 고개가 꺾였다. 꺾어지기만 하던 상현의 머리가 멈추었다. 그리고 그의 눈에서 눈물이 떨어져 땅바닥에 닿았다. 눈물이 흙에 닿았을 때, 포르르 먼지가 일었다.

외 면

마루로 올라서려던 상현은 툇돌 위에 놓인 가죽신이 두 켤레인 것을 보았다. 눈에 익은 건 백부의 신발이고, 하나는 아니었다.

"큰아버님, 저 상현입니다. 안에 손님이 계신 듯한데, 물러가라 하시면 다음에 오겠습니다."

---

15) 『예기(禮記)』, 32. 표기(表記)

대답이 없다. 들리는 거라곤 바둑판 위에 돌이 놓이는 소리뿐이었다. 듣지 못한 건가, 하고 생각했을 때, 낮게 가라앉은 소리가 바둑판 위에 돌이 놓이는 소리와 함께 들려왔다. 상현이라는데 들어오라고 하지 그래, 하고 말한 목소리는 오랜만이긴 해도 누구의 것인지는 짐작이 갔다. 짐작이 틀리지 않다면 방 안의 손님은 명원군일 것이다. 명원군과 김자청은 어릴 적에 동문수학한 절친한 친우 사이다. 나이가 들어 관로에서 벗어난 뒤로는 서로의 집을 왕래하는 일이 흔한 건 아니었지만 세자를 김자청의 집으로 오게 하는 데 적극적으로 나선 사람이 명원군이라면, 상현이 출입하지 않은 한 달여 동안 자주 찾았으리란 건 짐작할 수 있는 일이었다.

다시 한참이 지났다.

낮게 가라앉은 목소리가 몇 번 더 들려온 뒤, 부실재 방문이 열렸다. 손수 상현을 맞으러 나타난 사람은 짐작대로 명원군이었다. 열린 방문으로 보이는 김자청은 여전히 바둑판 앞에 앉아 있었다. 남들에게는 완고해도 상현에게만큼은 한없이 부드러운 사람이었는데, 바둑판을 응시하는 냉담한 모습은 이제 상현도 남이 되어버렸음을 말해주고 있었다.

"이게 얼마 만이야?"

그저 들어오라고 하면 될 텐데도 명원군이 부러 문까지 열어주며 맞이하는 건 몹시 이례적이었다. 상현이 얼른 청마루로 올라서며 명원군을 향해 허리를 꺾었다.

"잘 지내셨습니까, 명원군 대감."

허리를 들기 무섭게 명원군이 상현의 손을 덥석 잡았다.

"많이 아프다고 들었다. 이제 괜찮은 거냐? 아직 자식도 보기 전인데 자주 아파서 어떻게 하누? 늑막에 물이 고여 네 백부 속을 끓인 것도 얼마 되지 않았는데……어서 안으로 들거라."

명원군이 원래 살가운 사람이긴 했지만 상현의 손을 부여잡고 방 안으로 끌다시피 하는 모습엔 뭔지 모를 과장스러움이 풍겨 나왔다.

"백부님, 그간 평강하셨는지요?"

김자청에게 큰절을 올린 뒤 상현이 무릎을 꿇고 앉으며 안부를 물었다. 김자청은 여전히 대답이 없었다. 절을 할 때 잠깐 상현을 일별하는 듯했지만, 눈길은 바둑판 위에 붙박인 채 꼼짝하지 않았다.

"아무래도 내가 비세(非勢)이니 이쯤에서 돌을 던져야겠어."

명원군이 곁에 있던 왕골로 짠 방석을 상현에게 밀어주고는 김자청의 눈치를 흘끔거리며 말했다. 김자청이 착수를 하면 곧 돌을 던지겠다는 뜻이었다.

"승부를 함부로 예단하지 말라고 그렇게 몰아세우더니만, 이제 와서 쉽게 물러나려는 이유가 뭔지 궁금하구먼. 속이라도 불편한 모양일세."

김자청이 서늘하게 쏘았다. 머쓱해진 명원군이 바둑돌이 담긴 통 속에 손을 넣고는 대꾸 없이 자그락거리는 소리를 냈다. 상현은 고개를 숙인 채로 방석을 앞으로 끌어당겼다. 반 자[尺] 너비의 테두리는 가는 왕골로 짜고, 사방 한 뼘 정도의 방석 중앙은 도톰한 피륙에 푸른색으로 둥근 파도가 수놓아져 있었다. 보는 것만으로도 시원했는데, 처음 보는 거였다. 그동안 여름철마다 쓰던 왕골 방석들을 버리고 새로 만든 듯했다. 그건 상현이 밑그림을 그리고 상희가 수를 놓은 방석들을 치워버렸다는 얘기였다. 상현에게 여름 방석의 중앙부에 밑그림을 그리게 하고 상희에게 수를 놓도록 한 것은 김자청이었다. 완성된 것을 보고 기꺼워하던 김자청의 모습이 상현의 기억에 아직 또렷했다.

사랑을 묻다

바둑이 끝난 건 이후로도 반 식경은 지났을 때였다.

말로는 금방이라도 돌을 던질 것 같던 명원군이 수를 계속 이어나갔고, 바둑판이 검고 흰 돌로 가득 채워지도록 승부는 끝날 줄을 몰랐다. 그러는 동안 상현은 새로 만들어진 여름 방석에 수(繡)를 놓은 게 상희일까, 아닐까, 그 생각에 빠져 있었다. 상희가 수를 놓은 것이라고 하기엔 솜씨가 매우 정교했다. 갑자기 늘어날 수 있는 솜씨가 아니었다. 그러고 보니 밑그림의 솜씨 또한 예사롭지 않았다. 둥근 파도에 하얗게 포말이 인 윗부분도, 매끄럽게 떨어지는 파도의 곡선도, 그림을 오래 그려본 사람의 솜씨였다.

'궁중에서 보냈구나.'

상현의 생각이 다다른 곳은 궁중이었다. 궁중이라면 얼마든 가능한 재주고, 색감이고, 솜씨였다. 궁중에서 만들어 보냈을 거란 생각이 들자 아직 만나본 적 없는 세자의 얼굴이 마치 오랜 동무의 것이라도 된 듯 눈앞에 떠올랐다.

"으흠……."

바둑돌 거두는 소리가 나고, 김자청이 목을 가다듬었다. 그 사이 수가 많이 늘었다며 명원군이 말했고, 김자청은 응대하지 않았다. 상현은 왕골방석을 무릎 아래로 끌어오려다 말고 고개를 가만히 들었다. 김자청의 냉담한 시선과 마주하는 것이 여간 부담스럽지 않았으나 피해갈 수 없는 일이었다. 아니나 다를까, 고개를 들었을 때 살얼음이 낀 것 같은 싸늘한 눈빛이 건너왔다. 그 눈빛을 확인하자 상현은 왠지 마음이 놓였다.

'하는 수 없다.'

속 깊은 곳에서 아득한 메아리처럼 그런 말이 울려 나왔다. 막다른 골목이었다. 스물두 해를 사는 동안, 상현에게 가장 절절한 것은 외로움이었다. 어린 나이에 닥친 아버지의 부재를 큰아버지 김자청은 꼼꼼하게도 메워주었다. 아버지보다 더 부드러웠고, 넓었고, 온화했다. 엄한 모습을 보이지 않은 건 아니었지만 부담이란 걸 느껴본 적이 없었다. 무엇보다 백부의 집에는 상희가 있었다. 그녀는 상현에게 어느 것과도 바꿀 수 없이 귀중했다. 그런데 외로웠다. 김자청의 집 솟을대문을 나서는 순간, 아니 집으로 돌아가야 한다는 사실을 인지하는 순간, 외로움은 귀신처럼 상현을 옭아맸다. 그가 그토록 그림에 매달린 것은, 알몸의 여인을 그리려 한 것은, 백 번을 양보해도 그것 때문이었다. 상희와 한집에 살 수 없다는 것, 보고 싶을 때 볼 수 없다는 것, 아무 데서나 손을 그러잡을 수 없다는 것. 아무리 감추고 감추어도 드러나는, 자신에게만은 끝내 감출 수 없는, 그 외로움은 사랑이었다. 사랑이라고밖에는 말할 수 없었다. 이룰 수 없다는 걸 알면 알수록 더 놓아지지 않았다. 그리고 여기까지 왔다.

"안부를 묻는 데 참 오래도 걸렸구나."

어금니를 깨문 채로 내뱉은 김자청의 말은 음절 하나하나가 짓이겨져 상현의 귓속으로 밀려들었다. 소름이 돋았다. 상현은 마른침을 두 번이나 삼켰다. 그러고도 말이 입술 밖을 빠져나오지 못했다. 무슨 말을 어떻게 내놓아야 할지 알 수 없었다. 하고 싶은 말은 많았다. 해야 할 말도 많았다. 어떤 말을 선택해야, 어떤 말을 전해야, 내 안의 절절한 외로움을 끝낼 수 있을지, 몰랐다. 어떤 지독한 낱말을 골라야 외로움을 운명으로 끌어안은 채 살아낼 수 있을지, 몰랐다.

상현의 침묵이 길어지는 동안 방 안의 공기가 무겁게 가라앉았다. 들창에서 새어 들어온 바람도 휘돌지 못한 채 힘없이 바닥으로 떨어졌다. 명원군은 오른쪽 팔을 비자나무 바둑판 위에 올려놓고는 이따금 한 번씩 손톱 끝으로 바둑판을 톡, 톡, 쳤다. 그러면 음, 흐음, 하며 김자청이 목을 가다

듭었다. 어느 순간 상현은 불쑥 화가 치솟았다. 실은, 두려움이었다. 두려움을 박차고 입속에 고였던 말이 튀어나왔다.

"큰아버님의 뜻이 궁금했습니다."

돌연히 튀어나온 상현의 말에 김자청과 명원군의 눈길이 약속이나 한 듯 상현에게로 화살이 되어 날아갔다. 화살이 꽂힌 자는 마지막 숨을 토해내듯 힘겹게 말을 이었다.

"바른 뜻을 제게 말씀해주십시오."

"음…… 바른 뜻이라고 했느냐?"

상현은 다시 마른침을 삼킨 뒤 "예," 하고 말했다. 명원군이 불안한 눈빛으로 김자청을 보았다. 그 눈빛은 고스란히 상현에게로도 향했다. 김자청이 경상 앞으로 몸을 기울였다. 머리에 쓴 방건(方巾)이 파르르 떨렸다.

"마작(麻雀)이 수소(雖小)해도 오장육부가 구전(俱全)[16]하거늘, 질문에 성긴 구멍이 쑹쑹한데 어찌 답을 할꼬. 네가 아뢴 바른 뜻이란 게 어떤 장기의 뜻을 묻는 것이냐? 간이더냐, 심장이더냐, 콩밭이더냐? 아니면 쓸개의 뜻을 묻는 것이냐? 바르게 물어라!"

유려한 문장으로 상소의 취지를 왜곡하지 않으면서도 정곡을 찔러 상감의 간담을 서늘하게 했다던 김자청. 말은 곧 문장이라는 언설은 틀리지 않았다. 작심하고 내뱉는 그의

---

16) 麻雀雖小(마작수소), 五臟俱全(오장구전). "참새가 비록 몸집이 작지만 오장육부를 모두 갖추고 있다"는 뜻.

말들은 그 자체가 칼이어서 제대로 막거나 피하지 못하면 상처를 입는다. 운이 나쁘면 목숨을 내놔야 한다. 조정의 진흙밭을 헤쳐 나온 그 말의 검이 이제 상현을 겨누고 있었다. 자식보다 더 아끼고 사랑했던 조카를 향해 겨누어진 것이다. 상현은 아랫배에, 자꾸만 꺾어지려는 목에 힘을 넣었다.

"용인(用人)하면 불의(不疑)하고, 의인(疑人)하면 불용(不用)하라[17] 했습니다. 이제 와 제게 콩팥이냐 쓸개냐를 물으시면, 이렇게 말해도 되겠습니까? 말씀을 하신 건 백부님이셨으니, 그 말씀이 어느 장기의 것이었는지는 백부님께서 아시지요. 제가 물은 건 그것입니다."

듣기에 따라 외람되기 그지없는 상현의 말에도 김자청의 표정은 담담했다. 오히려 명원군의 얼굴이 새파래졌다. 김자청과 상현의 관계를 누구보다 잘 아는 그였으니 당연한 일이었다. 그는 늘 지금의 임금이 조카인 결을 생각하는 것과 김자청이 조카인 상현을 생각하는 것이 어쩌면 그리 같을까, 했다. 결의 안위가 걱정되어 김자청의 집을 안가(安家)로 삼으려 도모한 것도 그런 까닭이었다. 상현이 아니었다면 생각하지 못할 일이었다. 그런데 그 사람이 지금 자신의 백부에 맞서고 있었다. 결이 상감에게 맞서고 있는 걸 본 듯이나 등골이 서늘했다.

---

17) 用人不疑(용인불의), 疑人不用(의인불용). "사람을 쓰려 하면 의심하지 말고, 사람을 의심하면 쓰지 말라"는 뜻.

"교묘한 언술이로다."

김자청은 상현의 말을 한마디로 무찔렀다. 무찔러질 것이라 여겼겠지만 상현은 거기에 걸려 넘어지지 않으려 버텼다. 섬광처럼 허공을 긋고 간 칼날에 베이지 않으려 상현은 칼집을 들어 올렸다.

"이왕에 물으셨으니 제 뜻의 정처를 말씀드리지요."

상현은 각오를 다지듯 아랫배에 고인 힘을 목울대로 끌어올렸다.

"달포 전, 큰아버님은 제게 세자와 동무를 하라 하셨습니다. 명원군 대감의 뜻이기도 하다는 말씀을 하셨고요. 저는 받들 수 없는 일이라 생각했고, 따를 수 없다고 고했습니다. 세자의 안위를 지켜줄 무예를 갖추지 못했다는 것과 동무를 해드릴 만한 학덕 또한 갖추지 못했다는 것을 그 까닭으로 말씀드렸습니다. 하지만 끝내 제 뜻은 꺾였습니다. 큰아버님은 제 뜻을 받아들여 주지 않으셨습니다. 그 뜻을 묻는 것입니다. 장기를 말씀하라 하셨으니, 헤아리건대 그것은 심장의 뜻이겠지요. 상희를 궁궐로 보내려는 간절함이겠지요. 왕비가 된 상희를 보고픈 큰아버님의 심장이 원하는 것이겠지요."

"네 이놈!"

김자청의 시퍼런 칼날이 상현의 목덜미를 향해 떨어졌다. 둔중한 무게가 상현의 목에 실렸다. 하지만 상현은 칼날을 피하지 않았다. 피하는 대신 둔중한 무게를 버텼다. 그러다

죽어도 할 수 없었다. 다시 저 깊고 아득한 외로움 속으로 건너가려는 자의 서슬은 날카롭게 벼린 칼날보다 파랬다.

"상희가 궁궐로 가는데 왜 제가 들러리를 서야 하는지요? 백부님은 저를 자식으로 생각해오셨고, 제게 백부님은 아버지였습니다. 그런데 어찌 저더러 궁궐로 가는 아우의 들러리로 만드시려 하셨습니까? 저는 제 갈 길이 있고, 그 길을 가지 않는 저는 저라고 할 수 없습니다. 저더러 어찌 세자의 동무가 되라 하셨습니까? 어찌 저더러 제 삶을 던져버려라 하셨습니까? 한 달의 방황도 보고 견뎌주지 못하시는데 저더러 어찌 세자의 동무가 되기를 바라셨는지요? 세자의 삶이 중요하다면, 제 삶도 중요합니다. 혹여나 제가 백부님이 잃으신 세 아들의 대신일 뿐이었습니까? 애지중지하셨던 제 아비의 환각이었습니까?"

"네 이놈, 그 입 다물지 못하느냐!"

김자청의 칼은 한순간에 나무토막으로, 푸석하게 썩은 나무토막으로 변해버렸다. 목소리는 높았으나 힘없이 방 안을 휘돌다 한구석에 나뒹굴었다. 늙은 눈, 두툼이 부푼 눈시울에 물기가 고였다.

'아, 내가 무슨 짓을 한 것이냐.'

상현의 가슴 안 깊은 곳에서 후회가 일었다. 하지만 그 안에 후회만 있지 않았다. 분노와 슬픔이 뒤엉겨 있었다. 후회와 분노와 슬픔이 뒤엉겨 입 밖으로 비어져 나왔다.

"종이가 어찌 불을 감쌀 수 있겠습니까."

상현의 목소리는 낮게 가라앉았으나 제어되지 않은 채 김자청에게로 나아갔다.

"저를 길러주신 은혜는 죽음으로도 갚아지지 않는다는 걸 압니다. 저를 온전하도록 보살펴주신 사랑은 무엇으로도 갚을 수 없음을 압니다. 저를 길러주시고 보살펴주신 덕으로 저는 제 자신으로, 김상현으로 설 수 있었습니다. 백부님의 은혜와 사랑이 아니었다면 제가 하고 싶은 것을 찾고, 그것을 종생토록 추구하는 일은 꿈도 꾸지 못했을 것입니다. 하지만 그 은혜와 사랑이 저를 저답지 못하게 한다면, 만약 거기에 반하는 것이 있다면, 그것을 거부하고 저항하는 것이 백부님의 은혜와 사랑에 부합하는 일이라 생각합니다. 지나간 한 달 내내 저는 그 생각을 했습니다."

상현의 말이 새털처럼 방바닥으로 내려앉았다. 김자청은 숨을 죽였다. 숨소리가 아예 들리지 않을 정도였다. 불길처럼 치솟던 노기가 사라진 것일까. 상현에 대한 한없이 부드럽고 온화한 기품이 온전히 회복된 것일까. 아니었다. 그러기에는 그의 속 깊은 곳에 깃든 상현에 대한 실망감은 작지 않았다.

"은혜라……. 사랑이라……."

혼잣말처럼 되묻는 김자청의 목소리는 여전히 어금니를 짓씹는 듯 무거웠고, 알아듣기 힘들었다. 상현을 쏘아보는 눈빛에도 예전의 부드러움과 온화함은 찾을 수 없었다. 김자청의 손이 경상 아래로 움직였다. 경상 밖으로 나온 그의 손에는 두툼하게 묶인 첩책이 하나 쥐어져 있었다. 그는 그것을 상현의 앞으로 던졌다.

"……!"

상현의 동공이 커졌다. 거꾸로 놓인 첩책의 서첩에 적힌 글씨가 눈 속으로 빨려들었다. 반듯한 해서(楷書) - 상현 자신이 쓴 것에 틀림없었다.

춘풍취생동첩(春風吹生動帖).

지난봄, 화사 정진모에게 보여주기 위해 그렸던 그림들을 매형 박호민이 묶은 것이었다. 노랗고 발갛게 살아 꿈틀거리는 봄의 정경들, 그 안에 벌거벗고 노니는 남녀들의 지복(至福)한 만상이 담겼다. 백매(白梅)와 홍매(紅梅)가 흐드러지고, 이화(梨花)와 도화(桃花)가 지천으로 날렸다. 그 어느 곳이나 살을 맞댄 남자와 여자가 있었고, 그들의 타오르는 열희(悅喜)가 꽃처럼 만발했다. 그런 그림들이었다. 춘화첩이라 하면 춘화첩이고, 중춘(仲春)의 산수화라면 산수화였다. 그런데 그걸 집어 들어 상현 앞에 던진 사람이 김자청이라면, 산수화첩이 될 수 없는 일이었다. 난삽하고 추잡한 남녀상열의 더러운 춘화첩에 불과했다.

野草燒不盡(야초소부진)
春風吹又生(춘풍취우생)

들판의 풀은 불로 다 태울 수 없으니

214

봄바람이 불면 다시 살아나리라

　상현은 자신의 눈앞에 거꾸로 던져진 화첩을 천천히 되돌렸다. 그리곤 손가락 끝으로 겉장을 가만히 쓸었다. 김자청의 서늘한 음성이 귓속으로 밀려들었다.

　"은혜라고 했느냐. 사랑이라고 했느냐. 이제 보니 그 은혜가, 사랑이, 너를 공부로부터 멀리하게 했구나. 그 은혜와 사랑이, 너의 발길을 매즙장과 마상과 망건장과 갓바치와 역관과 화원에게로, 들과 산으로, 절간으로, 색주가로 가게 하였구나. 세상에 귀하고 천한 사람이 따로 없음을 일러주었던 내 말이 너를 색욕의 구덩이로 밀어 넣고, 천박한 짓을 용납하도록 만들었구나. 그렇다면 그것을 어찌 은혜라, 사랑이라 말할 수 있느냐. 네 입으로 그렇게 말하였으니 너는 그것을 은혜와 사랑의 보답이라 할 테지. 허나, 미안하구나. 나는, 아니다. 나는 그렇다 할 수 없다. 남녀가 벗고 뒹구는 것을 그려놓고 사랑을 말한다면, 흙탕으로 뒤덮인 황하를 산정의 샘물이라 하는 것과 무엇이 다르단 말이냐. 흙탕의 물과 샘의 물을 구별하지 않는다면 맑은 물로 갓끈을 씻고, 흐린 물로 발을 씻는 걸 구별할 필요가 어디에 있으며, 고결과 오염의 차이를 논하는 것이 무슨 소용……."

　김자청은 말을 잇지 못했다. 침묵을 지킨 채 두 사람의 말을 듣고만 있던 명원군이 "이보게," 하며 끼어든 때문이 아니었다. 김자청은 말을 거두듯 마음을 거두었다. 자식처럼,

자식보다 더 끔찍하게 위했던 조카에 대한 사랑을 거두어버린 백부 – 그는 참담히 무너지려는 허리에 힘을 주며, 눈 깜짝할 사이에 완전히 늙어버린 목소리를 흘려놓았다.

"네가 모습을 보이지 않은 한 달이 내게는 십 년과도 같았다. 이제 더 이상 너의 부재를 견딜 수 없으니, 다시는 내 눈에 보이지 말라."

숨통을 끊어내는 것 같은 이별의 말에 상현은 숨이 막히는 것 같았다. 어떤 변명의 말도 소용이 없음을, 어떤 명료한 언설도 구차한 변명에 불과하리라는 것을, 상현은 목을 조여 오는 아픔 너머에서 보았다.

"이보게……."

상현에게 하는 것인지 김자청에게 하는 것인지 알 수 없는 명원군의 안타까운 그 말이 한동안 '부실재' 안을 맴돌았다. 잃지 말아야 할 것(不失)들을 새기고 일깨우던 방이 모든 것을 잃게 만드는 곳이 되고 말았다.

상현이 몸을 일으켰다.

다리가 부들부들 떨렸고, 힘이 빠져나가 곧 주저앉을 것 같았다. 상현은 마지막으로 힘을 모아 김자청을 향해 절을 올렸다. 방바닥에 닿은 상현의 머리는 오랫동안 세워지지 못했다. 어깨가 흔들리고, 눈물을 삼키는 소리가 들리고도 상현의 머리는 죽은 듯 방바닥에 닿아 있었다. 그러는 동안 김자청의 눈은 다시 떠지지 않을 듯 깊이 감겨 있었다.

제10장

별리의 밤

이른 아침 아욱을 베다

　매형의 늙은 말을 빌려 탄 상현이 돈의문(敦義門)을 지나고 얼마 되지 않아 통금을 알리는 인경 첫 종이 상현의 뒤편에서 들려왔다. 마음이 바빴다. 마지막 스물여덟 번째 종이 울릴 때는 이미 상림원(上林園) 숲이 시작되는 곳을 지나고 있었다. 무악재를 넘을 때부터 벌써 호흡이 가빠 새된 소리를 내기 시작했던 늙은 말에게 미안함을 느낄 겨를도 없었다. 이 밤이 상희를 볼 수 있는 마지막 밤이라는 생각이 다급하게 그를 내몰았다.

　상림원 숲을 서남쪽으로 돌아 소의문(昭義門)으로 난 좁은 길을 내달릴 수 있었던 건 그나마 아직 기울지 않은 상현달 덕분이었다. 그렇게 어찌어찌 대정동(大貞洞)까지는 지날 수 있다 해도 소정동(小貞洞)부터 남별영(南別營) 앞을 무사히 지날 수 있으리란 보장은 없었다. 달이 기울지 않을까 걱정한 때문이 아니었다. 그곳부터는 드물긴 해도 순라꾼들이 야번을 돌기 때문이었다. 만에 하나 순라꾼에게 걸린다면 오늘 밤 상희와의 조우는 수포로 돌아갈 수밖에 없다. 오늘이 아니면 다음 날은 기약이 없다.

길도 외길이었다. 지금 가는 이 길을 택하지 않고서는 소광교(小廣橋)를 지나 저동(苧洞)으로 갈 수가 없었다. 물론 거기까지 무사히 간다 해도 삼경(三更)이 가까운 시각까지 상희가 기다리고 있으리란 보장도 없기는 했다. 그저 거기에 있어라, 가지 말고 있어 달라, 안타까이 빌 뿐이었다.

말을 달리는 상현의 눈앞으로 두어 식경 전, 홍제동 객막(客幕)에서의 일이 스쳤다.

먼 길이라도 떠나려는 듯 제법 큼지막한 봇짐을 옆에 둔 김상현과 중치막을 차려입긴 했어도 소맷부리가 새까맣게 절어 벼슬은커녕 아무리 잘 봐도 집안이 거덜 나 남의 집 객꾼 이상으로 보이지 않는 정진모 사이에 무거운 침묵이 드리워져 있었다. 해가 진 지 꽤 되었지만 아직 푸르스름한 여운이 남아 어두운 하늘 위로 밥 짓는 연기 정도는 보이는 때였다. 다만, 객막이라지만 들고나는 사람이 없을뿐더러 웬일로 동네 개마저 객막 앞을 피해 가는 탓에 둘의 침묵 위에 세상의 적요가 덧대어 지그시 누르고 있었다. 고요를 깨트린 건 성긴 가잠나룻을 조심스럽게 쓰다듬던 정진모였다.

"저동 초입에 들어서면 꽤 이상하게 생긴 대추나무가 하나 있을 거야."

정진모의 무뚝뚝한 얼굴에 일말의 연민이 스쳤다.

"대추나무⋯⋯."

무심히 따라 읊던 상현은 정진모의 얼굴에서 연민을 읽어내고는 따귀라도 얻어맞은 듯 화끈거렸다. 정진모의 얼굴에서 확인한 그것은 마지막으로 뵈었던 어머니의 눈에서 본 연민과 다를 바가 없었다. 새삼 코끝이 매웠다. 감았다 뜨면 눈물이라도 떨어질 것 같아 상현은 눈에 힘을 주고 더 크게 떴다.

"제가 알아볼까요? 그때쯤이면 어둠이 깊을 텐데, 대추나무를 알아볼 수 있을까요?"

상현의 목소리가 불안하게 떨렸다.

대답 대신 정진모는 벼루바닥에 고인 먹물에 붓을 담갔다 꺼냈다. 붓이 가볍게 몇 번 종이 위를 지났고, 그의 붓끝에서 일던 바람이 잦아들자 화선지엔 나무 한 그루가 나타났다. 과연 모양이 기이했다. 오래 묵은 나무인 듯 크고 우람한데 우상귀 쪽이 쥐라도 파먹은 듯 움푹 꺼져 있었다. 그 모양이라면 못 알아볼 것 같지 않았다.

"이 나무가 서 있는 곳에서 길이 두 갈래로 나뉘는데 동북쪽으로 비스듬히 난 골목으로 길을 잡게."

정진모가 말을 이었다.

"거기서부터 왼편으로는 골목이 있어도 생각지 말고 집을 세어야 하네. 반대편으로는 이런저런 골목들이 연이어 있거니와 집이 겹친 데도 있고 빠진 데도 있으니 왼편의 집 수를 세는 걸 명심하게나. 그렇게 스물일곱 채 되는 집에서 멈추면 반대편에 바로, 그러니까 오른쪽으로 좁은 골목이 보일 거야. 다시 말하지만, 골목들이 모두 비슷하니 한번 잘못 들어가서 지체하면 낭패라네. 빠져나와 다시 찾아들 즈음이면 아마도 상현달이 기운 뒤일지도 모른다는 말이야. 해서……."

흰 동자 위에 검은 동자가 휘영하게 뜬 정진모의 사목(蛇目)이 객막 처마 위를 향했다. 처마에 치렁하게 붙은 나락 줄기에 희부연 달빛이 흩어지고 있었다. 상현도 따라 눈길을 주고는 괜히 처연한 마음이 되었다.

"해서, 그 골목을 찾아 들어가면 '노규도심'이라고 입춘첩 붙여놓은 집이 나올 거고, 거기가 바로 그곳일세."

그렇게 말해놓고 정진모는 화선지 여백에다 '노규도심'을 유려한 행초서(行草書)로 썼다.

露葵搯心.

"이슬이 맺혔을 때 아욱을 베어낸다는 뜻인가요?"

다급한 와중에도 한가로이 뜻을 묻는 상현을 보며 정진모가 평소에는 짓지 않던 미소를 입가에 그렸다. 그림은 물론 세상만사 누구에게도 무릎 꿇지 않는다는 천하의 화사가 사

222

람 좋은 미소를 지으며 고개를 끄덕끄덕 움직였다.

"한낮에 아욱을 베어내면 베어낸 끝이 말라서 아욱은 더 이상 자라질 못하게 되지. 그러니 현명한 농부는 이른 아침 이슬이 맺혔을 때 아욱을 베어내는 법이네."

상현이 어줍게 웃었다. 그리곤 말했다.

"익불사숙(弋不射宿)이군요."

비슷한 뜻이었다. 익불사숙 - 새나 물고기를 잡더라도 씨를 말릴 정도로 살생하지 않는다. 공자의 언설이었다.

"서암한테 듣기로는 글공부엔 젬병이라던데, 『논어』는 용케 읽었구먼."

"이런 걸 주워들은 풍월이라 하지요."

"주워들은 풍월이라면, 글공부 젬병이란 걸 자백하는 건가?"

"그렇게 되나요?"

두 사람의 입에서 소리 없이 웃음이 흘러나왔다. 한동안 이어진 웃음은 낮았지만 끈끈했다.

"자, 서두르시게."

웃음을 얼굴에서 지워내며 정진모는 붓을 쥔 손에 힘을 주었다. 박호민으로부터 들은 상현의 얘기가 새삼 생각나서였다. 스물두 살 나이에 죽음보다 더 끔찍한 일을 겪고 있다는 게 믿어지지 않았다.

'멀끔하게 생겨가지고는…….'

필세(筆洗)에 붓을 담가 먹을 씻어낸 정진모는 필가에 붓을 내려놓으며 슬그머니 상현을 일별했다. 청년의 눈밑이 꺼멓

게 죽어 있었다.

'차라리 죽음이라면 미련이라도 끊어낼 테지만⋯⋯.'

하릴없는 생각이 다시 스쳐 갔다. 삶이란 게 새삼 기구하고 절묘하다는 생각이, 꼬리를 물었다.

"어서 떠나게. 저 반달이 져버리면 어두워 집을 찾기가 힘들어."

정진모가 손바닥으로 무릎을 짚고 일어서려는데 상현이 손을 뻗었다. 상현의 손끝이 정진모의 손등에 닿았다.

"고맙습니다."

"고맙다는 인사를 하기엔 이르지 않나?"

꾸벅 고개를 숙여 보이는 상현에겐 눈길도 주지 않고 정진모는 방 위쪽에 펴놓은 이부자리로 성큼성큼 걸어갔다. 그리곤 거기에 몸을 뉘이며 등을 말았다.

사립 밖을 나서는 김상현의 발걸음 소리를 들으며 정진모는 눈을 꾹 감았다. 담벼락에 매어둔 늙은 말의 고삐를 푸는 소리가 귓속으로 밀려들 때는 어금니를 깨물었다. 터벅거리는 말발굽 소리가 객막 골목을 빠져나가 희미해졌을 때, 그는 슬그머니 문쪽으로 돌아누웠다. 그리곤 눈을 가느다랗게 떴다.

객막 빈 마당으로 떨어지는 달빛이 희고 고왔다. 달빛을 왜 월화(月華)라 하는지, 새삼 느꼈다. 그는 자리에서 일어났다. 구부정한 자세로 이부자리 위에 한참을 앉아 있던 정진모는 물고기 기름으로 밝힌 어유등잔에 불을 켜지도 않고

무릎걸음으로 걸어가 종이를 제 앞으로 끌어당겼다. 그리고
는 필가에 비스듬히 얹혀 있던 붓을 들어 벼루바닥에 남은
먹을 모두 적셨다.

휙, 하는 바람이 정진모의 붓끝에서 일었다.

길고 완만한 언덕길 같은 굵은 선 한 가닥이 전지 위에 그
려졌다. 붓끝을 바짝 세운 화사는 그 언덕길 끝에 나귀 한 마
리를 그리고, 그 나귀 위에 갓과 도포를 입은 선비 하나를 얹
어놓았다. 그리곤 필세에 붓을 풀어 먹물을 반쯤 뺀 뒤 언덕
길 저 허공 위를 동그랗게 휘감았다.

종이에서 붓을 떼었을 때, 허공에 달이 하나 떠 있었다. 옅
은 먹 그대로 좌하귀 여백에 글씨를 써내려갔다. 글씨의 농
담(濃淡)이 자유하고, 크기는 분방(奔放)했다. 하지만 글씨들이
모여 이룬 문장은 그의 감상(感傷)을 핍진히 드러냈다.

     白露月華(백로월화)

     不絶蜘網(부절지망)

     老馬靑丈(노마청장)

     踏土草枯(답토초고)

     흰 이슬 같은 달빛

     거미줄 끊지 못하고

     늙은 말 탄 젊은이

     디딘 흙마다 풀이 마른다

어둠 속

저동 초입의 기이한 대추나무를 지났다. 거기서 동북쪽 길을 잡고 들어가 왼편의 집들을 하나씩 헤아렸다. 반달이 이울면서 사위(四圍)는 칠흑 속으로 잠겨 들었다. 멀리서 늑대 우는 소리가 들려왔다. 그 소리에 놀랐나, 어디선가 잠에서 깬 아이가 서럽게 울었다. 길을 들어서자마자 말에서 내려 고삐를 잡고 걸었지만 늙은 말의 가쁜 숨은 여전했다. 목덜미에 뿜어지는 늙은 말의 콧김에 단내가 풍겼다.

스물셋, 스물넷⋯⋯.

숫자를 놓치면 낭떠러지 아래로 떨어지기라도 한다는 듯 온갖 사념들이 뒤엉킨 와중에도 상현은 띄고 겹친 집들을 꼼꼼히 세나갔다. 스물일곱을 세었을 때, 과연 맞은편에 길이 뚫려 있었다.

화사가 일러준 대로 길은 모두가 엇비슷했다. 혹시나 잘 못 세었을지 모른다는 걱정이 일었지만, 달리 방도가 없었다. 상현은 고삐를 바투 쥐며 늙은 말을 어둠에 싸인 골목으로 잡아끌었다.

얼마 들어가지 않아서였다.

이우는 달빛에 검푸른 입상(立像)이 하나 상현의 눈에 들어왔다. 그것은 일체의 미동도 없어 정말 장승이나 바위처럼 보였다. 가까이 가도 변함은 없었다. 그 앞에 이르러서야 그 것이 사람임을 알 수 있었다. 하지만 어두워 얼굴을 알아볼 수는 없었다. 알아본다 해도 누구인지 알 턱은 없었지만. 어두운 입상 옆으로 눈길을 돌렸을 때 '노규도심' 넉 자가 기둥에 붙어 있는 대문이 보였다. 제대로 찾아왔다는 안도감과 함께, 정체 모를 사람에 대한 두려움이 밀려왔다.

정진모가 보낸 사람일지 모른다는 생각이 든 것은 검은 입상에서 낮은 목소리가 들려온 뒤였다.

"명례방 도령이시오?"

총각에나 붙이는 도령이란 말이 별스럽게 들렸다.

"예. 김상현입니다."

"안으로 들어가 보시오."

갑자기 가슴이 뛰기 시작했다.

어둡게 버텨 선 대문을 바라만 볼 뿐, 상현은 쉬 걸음을 떼지 못했다. 아니, 걸음이 떼어지지 않았다. 검푸른 옷의 사내가 상현의 손에서 말고삐를 빼앗다시피 가져갔다.

"제가 부탁받은 건 자시(子時)까집니다."

상현이 사내의 어두운 얼굴로 고개를 돌렸다. 희미하게 윤곽이 보였다. 당연히 알지 못하는 얼굴이었다.

"자시 전에 끝낼 것이니 염려 놓으시오."

해후

상현은 주먹을 한 번 꽉 쥐어보고는 대문 앞으로 성큼 한

발을 내디뎠다. 대문을 막 밀려는 순간, 뒷머리를 때리듯 사내의 목소리가 들려왔다.

"대문을 세 번 두드려, 기별을 드리겠습니다. 잊지 마시오, 자시입니다. 답이 없으면 그냥 갑니다."

그 말을 남겨놓고 사내는 상현의 대답도 듣지 않고 골목 안 짙은 어둠 속으로 사라졌다. 짙은 어둠에 몇 겹의 또 다른 어둠이 장막처럼 드리운 골목 끝을 물끄러미 바라보다 상현은 몸을 돌렸다.

'여기까지 왔구나…….'

후회하지 않으려 어금니를 깨물고 천천히 걸음을 옮겨 대문 앞에서 잠시 멈추었다가 가만히 문을 밀었다. 문을 열고 안으로 들어간 상현은 마당 안의 풍경에 잠시 놀랐다. 좁은 마당은 중인(中人)의 여염집에 분명하다. 그런데 집 둘레엔 바자울이 쳐 있고, 그 안에 소담히 자라고 있는 꽃들과 키 낮은 나무들은 여느 양반집에 못지않았다. 그러다 대문 기둥에 붙어 있던 입춘첩 생각이 났다. 그 순간, 홍제동 객막에서 정진모가 화선지에 썼던 행초서와 대문의 글씨가 빼다 박은 듯 같음을 알았다.

'그 사람의 집인가?'

상현은 어둠에 싸인 집을 새삼스럽게 둘러보았다.

방 두 칸의 일자(一字)집은 작았고, 화단이 가꾸어진 것을 제외하면 집안 어디에서도 치레물건이 보이지 않을 만큼 정갈했다. 만약 정진모의 집이 맞다면 왠지 다른 가족이 없을 거라는 생각이 들었다. 그러고 보니 매형으로부터 그 사람의 가족에 대한 이야기를 들은 게 없었다.

집안을 둘러보던 상현의 눈길이 촛불이 가느다랗게 새나오는 아(亞)자 창에 머물렀다. 상현은 조심스럽게 마루로 걸음을 옮겼다.

"상희야."

섬돌에 발을 올려놓고 대답을 기다렸다. 하지만 방 안에선 아무런 기척이 없었다. 갑자기 뒷덜미가 서늘해지면서 팔뚝에 소름이 돋았다. 상현은 신발을 벗기 전에 다시 귀를 기울였다. 하지만 밀려드는 건 적막뿐이었다.

이상한 느낌에 상현은 다시 창을 보았다. 한여름에 창을 닫아둔 게 이상했지만, 빛이 새나가지 않게 하려고 그랬을지 모를 일이었다. 상현은 고개를 마당 쪽으로 돌렸다. 달빛이 완연히 이울어 어둠이 덩어리를 이룬 채 고여 있었다. 대문 가까이까지 훑은 뒤 상현은 다시 방 안을 향해 낮은 소리로 상희의 이름을 불렀다.

여전히 대답도, 기척도 없었다.

상현은 섬돌 위에 갓신을 벗고 청마루로 올라섰다.

발바닥에 닿는 나뭇결이 부드러우면서도 단단했다. 오래 비워둔 집이 아니었다. 상현은 촛불이 어린 방으로 다가갔다. 문고리를 잡은 손이 흔들렸다. 손에 힘을 들이자 어렵지 않게 문이 열렸다. 생각보다 너른 방이었다. 그런데, 그 너른 방이 텅 비어 있었다. 실망과 아쉬움이 물길처럼 밀려왔다.

'너무 늦었구나.'

창 쪽에 놓인 긴 촛대에 거의 다 타들어간 초가 꽂힌 채 마지막 불을 밝히고 있었다. 촛불 주위마저 희미하게 지워지고 있었다. 어둠이 연기처럼 깔린 천정에 무겁고 후텁지근한 공기가 들러붙어 있었다.

'이 집으로 들어가라고 한 사내의 말은, 뭐지?'

힘이 빠져나가는 다리를 꼿꼿하게 버티며 상현은 문고리를 거머쥐었다. 그때였다. 그의 귓속으로 옅은 숨소리가 들려왔다. 상현의 눈길이 방 안쪽으로 옮겨졌다.

"......!"

사계(四季)의 산수가 그려진 팔폭 병풍이 어둠에 싸여 있고, 그 위쪽 벽에 고리버들 하나가 그림자처럼 놓여 있었다. 그 그림자 안에, 그 그림자보다 어둡게, 무릎을 세운 소녀가 앉아 있었다. 상현은 숨이 멎는 것 같았다.

다가갈 수 없는

방 안으로 들어선 상현은 창가에 놓인 촛대 쪽으로 걸음을 옮겼다.

"초는 거기, 그냥, 두어요."

상희의 목소리는 낮아서 서늘했다. 상현은 가만히 걸음을 떼었다. 상희에게로 가는 그의 걸음이 한없이 무거웠다. 한

230

참을 서 있다가 바닥에 앉았다. 무릎이 꺾여 주저앉았다고
해야 옳았다.

상현은 고리버들에 등을 기댔다.

"……."

상현은 입을 떼지 못했다. 무슨 말을 해야 하는지, 할 수
있는 말이나 있는지, 생각조차 나지 않았다. 팔뚝에 닿은 상
희의 어깨가 돌처럼 차가웠다.

시간이 얼마나 지났을까.

숨소리만 없었다면 둘은 나란히 붙박인 바위라 해도 좋았
다. 촛불이 팔락거리며 마지막 안간힘을 쓰고 있었다.

"오라버니."

팔락거리던 촛불이 마침내 꺼진 것과 상희의 목소리가 들
려온 것은 거의 동시였다. 어둠에 휩싸인 방 안이 올가미처
럼 상현의 몸을 죄었다. 대답을 하려 했지만 이번에도 상현
의 입은 떼어지지 않았다.

"그 생각이 나요."

상현은 침조차 삼키기 힘들었다. 입술만이 아니라 입안까
지 바싹 말라 있었다. 가만히 들이쉬었다가 내뱉은 숨에서
단내가 느껴졌다. 골목을 들어설 때 늙은 말의 콧김에서 풍
겨 나오던 것과 다르지 않다는 생각이 들자, 어줍은 웃음이
솟았다.

"무슨, 생각?"

겨우 물었을 때, 어둠 속에서 소녀의 손이 건너왔다. 땀에

젖은 상현의 손이 소녀의 손을 그러잡았다.

"그날 하오에 갑자기 비가 많이 왔어요."

상희는 얘기책이라도 읽듯 높낮이가 없는 목소리로 얘기를 시작했다. 그날 오후, 녹우재 숲길을 걷던 그들 위로 갑자기 소낙비가 쏟아졌었다. 상희의 손목을 잡고 뛰던 상현이 느닷없이 상희를 들쳐업고는 정자를 향해 달렸다.

"정자에 오르고도 오라버니는 날 내려놓을 생각을 하지 않았어요."

상현은 마치 영원히 내려놓을 생각이 없다는 듯 상희를 업고는 정자 안을 빙글빙글 돌았다. 어지러우니 내려달라는 상희도 웃음을 그치지 않았다. 까르르거리는 웃음소리가 치솟을 때마다 상현은 더 빠르게 정자 안을 맴돌았다.

"그러다가 오라버니가 우뚝 섰지요."

상현은 마치 호랑이라도 본 듯 뜀박질을 멈추었다. 뜀박질을 멈춘 상현은 그렇게 한참을 서 있었다. 상현의 목을 감고 있던 소녀의 팔에 힘이 들어가고, 가슴은 상현의 등에 더 밀착했다. 떨어지지 않으려는 것이었지만, 떨어지고 싶지 않은 것이기도 했다. 상현은 소녀를 추슬러 다시 업었다. 소녀가, 오라버니는 장가들지 마시오, 하고 말했다. 소녀의 오라버니가, 그래, 하고 대답했다.

"오라버니."

상희의 낮은 목소리가 상현의 팔뚝에 닿았다. 그녀의 따사로운 입술이 그의 팔뚝에 닿았다. 어둠이 상현의 눈을 지웠다. 아무것도 떠오르지 않았다. 빗줄기 쏟아지던 녹우재 정자도, 그 짙은 나무그늘도, 아련한 기억도, 촛불이 꺼져버린 어두운 방 안에 갇혀 버렸다. 어둠이 모든 것을 지워버렸다. 그를 불렀던 소녀의 목소리만이 간신히 그의 귓바퀴에 매달려 있었다.

"상희야."

그는 방바닥을 짚고 있던 왼손에 힘을 주었다. 힘을 주지 않으면 안 되었다. 그 손이 바닥을 떠나면 안 되었다. 그 손이 바닥을 떠난다면 걷잡을 수 없는 광풍으로 빨려가야 했다.

'그 일은 일어나지 않아야 한다.'

그 일만은.

얼마나 긴 시간이 또 흘렀을까.

대문을 세 번 두드리는 소리가 환청처럼 어둠을 건너왔다.

제11장

아름다운 사람, 들

이 역

북경의 길지 않은 낮이 스러지고, 길게 뻗은 유리창(琉璃
倉) 거리에 붉은 등이 하나둘 켜지기 시작한다. 어둠이 찾아
드는 시간은 동지(冬至)에 이르기까지 점점 더 빨라질 것이
다. 그렇게 깊어지는 밤은 오히려 거리의 불빛을 더 환하게
밝혀낸다. 여기서라면, 수수동지야(睡睡冬至夜)[18]도 어긋난 얘
기다. 어디서 쏟아져 나왔는지 상점이든 반점이든 객잔이든
사람들로 바글거린다.

"나시에 스 차오시엔런(저기 조선 사람들이야)."

"차오시엔런, 스스, 메이츠어(조선 사람, 그래, 맞아)."

---

18) 밤이 가장 긴 날인 동지엔 잠을 실컷 자라는 뜻.

"이칸 지우 즈다오(딱 보면 알지)."

"부지부지에 통지아(어느새 동지구나)."

이런 얘기들을 주고받는 사람은 청나라 사람이다. 그리고 그들의 턱짓과 손가락질 끝에 닿은 사람들은 동지 무렵 조선에서 먼 길을 떠나온 사람들, 연공사(年貢使) 일행이다. 많은 때는 사오백 명에 이르는 그 사람들은 대개 거처가 있는 황궁 인근에 머물지만, 먹물 냄새 풍기는 자들은 삼삼오오 유리창으로 발길을 돌리기 마련이다. 더러는 책 구경에 빠져들고, 더러는 서화에 넋이 나간다. 더러는 사려는 엄두는 못 내지만 만져보기만이라도 하겠다는 심사로 청화백자(青花白磁)를 기웃거린다. 더러는 윤기 자르르 흐르는 다채유발(多彩釉鉢)을 함부로 집어 들다 핀잔을 듣기도 한다. 내려놓으라는 청국말을 알아듣지 못해 계속 이리저리 돌려보다가 따귀를 얻어터지는 경우도 심심찮다. 그래도 지지 않고 조선 말로 쌍욕을 내지르면 어디서 나타났는지 『수호지』의 노지심을 닮은 짐승 같은 자에게 난짝 들려 가게 밖으로 내동댕이쳐지고 만다.

"어이쿠, 저 무례한 놈을 봤나."

코를 길바닥에 찧어 쪼르르 흐르는 피를 닦다 말고 지지 않고 소리를 내지른다. 제법 문자를 읽은 듯한 조선 사람을 향해 노지심을 닮은 짐승 같은 자는 눈을 부라리며 달려들어 발길을 번쩍 들어 올린다. 그래도 조선 남자의 기백은 자못 당당하다.

"어디 걷어찰 테면 차봐라!"

조선의 남자는 아래턱을 와들와들 떨면서도 고개를 바짝 쳐들었다. 그때, 츠파오(旗袍)[19] 차림의 사내 하나가 광포한 노지심과 기백만은 누구에게도 뒤질 생각이 없는 조선남자 사이로 재빨리 끼어들었다. 그는 노지심의 가슴팍을 손바닥으로 막아 세우며 "런츠오파(참으시오), 따런(대인)." 하고 말하고는 사람 좋은 웃음을 얼굴 가득 그렸다. 그리곤 바닥에 엉덩이를 붙인 채 여전히 바락바락 대들고 있는 조선 남자에게로 고개를 돌렸다.

"이제 그만 두시오. 당신이 방금 말한 무뢰한을 여기선 무뢰곤도(無賴棍徒)라 하지요. 무리를 지어 부리는 행패를 어찌 감당하려는 거요. 내 보기에 당신에겐 이 사람들 당해낼 재간이 없을 듯하니 그만 입을 다물고 일어나 조용히 빠져나가는 게 상책일 듯하오."

보기엔 영락없는 청국 사람인데 입술 밖으로 나온 건 또박또박한 조선말이었다. 그리고 보니 머리에 과피모(瓜皮帽)만 썼을 뿐 변발을 하지 않은 것이 여느 중국 사람과는 달랐다.

"조선 사람이오?"

바닥에서 일어나 엉덩이를 털며 남자가 물었다. 노지심을 닮은 무뢰곤도가 "까오스드 차오시엔끄즈(빌어먹을 조선놈)," 하고는 가게 안으로 돌아갔다. 덩치 큰 건달의 대문짝만 한

---

19) 이즈음엔 중국의 전통복장이 된 청나라의 도포.

등판을 쏘아보던 츠파오 차림의 사내가 조선 남자에게로 고개를 돌리고는 가만히 끄덕였다. 남자가 츠파오 차림의 사내에게 공손히 머리를 숙여 보이고는 겸연쩍은 듯 손바닥을 비볐다.

"고맙소. 이런 데서 봉변을 당할 줄은 생각도 못했소. 아직도 왜 이리 되었는지 까닭을 모르겠구려."

손바닥으로 목덜미를 쓸던 남자에게 츠파오 사내는 고개만 살짝 숙여보이고는 얼른 몸을 돌렸다.

"아, 잠깐만……."

남자가 사내의 팔을 잡았다. 사내가 고개를 돌려 조선 남자를 보았다.

"나는 이번 동지겸연공사(冬至兼年貢使)를 따라온 홍덕보라고 합니다. 실례가 되지 않는다면 존함이라도 알아두고 싶네요. 이곳에 머물 날이 아직 스무 날이 넘게 남았으니 혹 마주치면 싼 술이라도 한 잔 대접하리다."

남자의 예의 바른 말씨 탓이었는지 츠파오 사내의 입가에 옅은 미소가 어렸다가 지워졌다.

"이곳 속언 중에, 헌것을 버리지 않으면 새것을 얻을 수 없다, 란 게 있습니다. 보아 하니 여길 처음 오신 듯한데, 저 같은 헌것은 금방 잊어버리시고 새것들 많이 익히고 가십시오. 그럼……."

츠파오의 사내는 매몰차다 싶을 만큼 돌아섰다. 그리곤 이내 유리창 거리의 인파 속으로 묻혀 들어갔다. 홍덕보라는 남자도 더는 어찌 해 볼 수 없다 싶었는지 어줍은 웃음만 흘리며 멀거니 사내의 뒷모습을 좇았다.

"구적불거(舊的不去)하면, 신적불래(新的不來)라. 여기서도 그 말을 쓰는구나. 틀린 말이 아니지. 그러니 여기서든 조선에서든 쓰지 못할 일도 없지."

남자는 시려오는 귓불을 손바닥으로 비벼대며 또 한참을, 이미 인파에 묻혀 가물가물한 사내의 모습을 좇아 뒤꿈치를 돋았다. 나이가 그리 많아 보이진 않았는데 자신을 헌것이라 하다니, 신기했다. 그렇게 한참이나 좇은 그의 눈에 사내의 것인 듯한 뒷모습이 아스라한 거리 끝자락쯤에 드러났다가 영영 사라졌다.

이름의 값

유리창 거리가 거의 끝나가는 곳, 처마 끝자락에 걸린 희미한 등이 '조복사'란 자그마한 현판을 보일 듯 말 듯 비춘다. 거리 곳곳의 비까번쩍한 서점, 으리으리한 서화상, 호화찬란한 골동품가게 들과는 많이 다르다. 초라한 모양새는 차치하고 얼핏 보면 문을 닫았나 싶다. 하지만 간간이 드나드는 사람이 있는 걸 보면 열기는 한 모양인데, 조금 더 오래 지켜본 자라면 사람들의 그 드나드는 모습에 고개를 갸웃거리게 될 것이다. 사람들은 마치 유리창 거리에 오직 그 가게만 있기라도 하다는 듯 서점이고 서화점이고 골동품가게고 흘끔거리지조차 않은 채 그곳으로 쓰윽 들어섰다.

조복사(造福社).

상호만 보면 '복을 짓는 가게'다. 무슨 복을 어떻게 짓는다는 걸까. 거리에서 들여다볼 수 있는 진열장만으로는 특별할 게 없다. 안으로 들어가 봐도 크게 다른 건 없다. 거무스름하게 변한 오래된 소나무 상판에는 청동화로와 금동화로가 서너 개쯤 놓여 있고, 그 곁에 매달린 파란빛깔이 도는 구슬로 장식된 주렴은 파는 것인지 그저 장식일 뿐인지 알 수가 없다. 그 옆으로 제법 기다랗게 놓인 것은 족자걸이인데 정작 족자는 하나도 보이지 않는다. 벽 쪽으로 나지막한 책장이 두어 개 붙어 있는데, 대부분 뉘어져 있는 서책도 볼품이 없다. 안쪽으로 조금 더 들어가면 위에서 아래까지 남정네 키만큼 되는 사각 향나무 판목이 마치 현판처럼 서 있는데 가로세로 길이가 손 한 뼘가량 되는 마름모꼴의 종이 세 개가 붙어 있다. 위에서부터 차례로 幽(유), 察(찰), 理(리)라고 쓰여 있다. "그윽이 이치를 살핀다"는 뜻인지 "그윽하게 살피는 이치"라는 뜻인지, 글자만 봐서는 알 수가 없다. 그것 역시 파는 물건인지 그냥 장식으로 써놓은 것인지 파악하기 힘들다. 가게 안은 그렇다.

그곳이 뭔가 진기한 것을 거래하는 곳이라면 진짜 물건은 가게에다 두지 않았을 게 분명하다. 그럼 어디에 있을까. 그런 의문을 품고 보면 비로소 낡은 문짝이 하나 보이고, 그 안이 궁금해진다. 하지만 궁금증을 갖고 있어도 성큼 문 안으로 들어설 수는 없다. 백의 아흔아홉은 미처 문을 밀어볼 생각도 없이 주인을 몇 번 불러보다가 나갈 게 뻔하다. 워낙 단골 중의 단골만 드나드는 곳이라 유리창의 어지간한 터줏대감들이 아니면 그곳의 실상을 아는 자가 드물다.

이제 막 조복사 앞에 마고자 차림을 한 조선 사람 둘이 걸음을 멈추었다. 하나는 전배자(氈褙子)를 껴입고 털가죽을 둘러 붙인 남바위까지 쓰고 있는 걸 보면, 이맘때 북경의 날씨를 잘 아는 듯하다. 가게 상판을 올려다보던 그가 뭘 좀 물어볼 생각인 듯 마침 가게 앞을 지나던 청국인을 붙들었다.

"팅슈어 푸진쥬 차오션 화스(근처에 조선 화사가 산다고 들었는데), 즈다오스 날리마(어딘지 아십니까)?"

청국 사람이 그의 유창한 중국말에 눈을 휘둥그리더니 고개를 돌리고는 턱짓을 했다. 그의 턱이 가리킨 곳은 조복사였다. 이후로도 남바위의 조선 사람과 청국 사람 사이에 얘기들이 오갔다. 그러다 청국 사람이 뭐라고 하자 조선 사람이 호탕하게 웃었다. 그의 곁에 서 있던 다른 조선 사람은 말도 알아듣지 못하고 웃는 까닭도 몰랐지만 괜히 희죽희죽 웃었다.

"여기가 맞는 모양일세."

이윽고 얘기가 끝난 듯 남바위의 사내가 청국인에게 고맙다고 인사를 건넨 뒤, 곁에 섰던 남자에게 조선말로 말했다.

"내가 뭐랬어?"

"아무튼 담헌의 눈썰미 하나는 알아줘야 한다니까, 허허."

"이 홍덕보한테 눈썰미를 빼면 남는 게 없지."

담헌은 아마도 홍덕보란 사람의 별호인 듯했다. 그가 남
바위의 남자를 궁금증이 담긴 눈길로 바라보았다.

"아까는 저 사람이 무슨 말을 했기에 폭소를 터뜨린 건
가?"

"아, 꽈궈토우(掛狗頭) 메이양뤄(賣羊肉)!"

"뭔 소리야?"

"개의 머리를 내걸고 양고기를 판다더군!"

"그건 또 뭔 소린가? 양의 머리를 걸어놓고 개고기를 판다
는 소리는 들어봤어도, 그 반대는……."

그러다가 뭔가 생각이 났는지 홍덕보란 남자가 눈을 가늘
게 떴다.

"이보게 서암, 지금 말한 게……그러면 이 집……?"

"그렇지. 이 집을 말한 거지. 저 청국 사람이 그러는데, 유
리창 거리엔 두 가지 가게가 있다는군. 하나는 꽈양토우 메
이궈뤄, 양의 대가리를 걸어놓고 개고기를 파는 곳. 다른 하
나는 꽈궈토우 메이양뤄, 걸어놓은 건 개의 대가리지만 실
제로 파는 건 양의 고기인 곳."

"아, 그 참 기막힌 비유일세. 천하의 유리창에도 진짜가 있
고 가짜가 있다!"

"아니지."

홍덕보란 남자의 감탄을 서암이란 사내가 손을 들어 막았다. 홍덕보가 왜 아니라는 것이냐는 듯, 서암이란 사내 앞으로 고개를 쑥 내밀었다.

"진짜와 가짜가 아니라, 이름보다 나은 값을 하는 곳과 이름값도 못하는 곳이 있다, 이 말이지."

"그렇네, 그렇네그려."

홍덕보는 턱이라도 빠진 듯 입을 딱 벌리고는 연신 고개를 끄덕거렸다. 서암이란 사내는 전배자 양쪽에 붙은 주머니에 두 손을 찌른 채 '조복사'라고 쓴 현판에 눈길을 박고는 그리운 사람의 얼굴이라도 쳐다보듯 떼지 못했다.

세월 저편

"리비엔 요우런마(안에 누구 계십니까)?"

조복사 안으로 발길을 들인 뒤 어둑한 실내를 몇 번 두리번거리던 서암이란 남자가 조심스런 목소리로 주인을 불렀다. 여느 때도 그렇지만 실내에 사람은 없었다. 조선의 새발심지와 비슷한 종지 모양의 등잔 몇 개만 흐릿하게 타고 있는 실내는 사람은커녕 쥐새끼조차 살지 않는 곳인 듯 어둡고 고요했다.

"이보게 서암, 저기, 저기 좀 보게. 불빛이 새나오는 듯한데."

서암의 뒤켠에 서 있던 홍덕보가 손가락으로 안쪽 먼 곳을 가리켰다. 어둠에 가려져 문짝인지 분간하기가 힘들었지만, 굵직한 문고리가 달린 걸 보면 문임이 분명했다. 그 아래로 불빛이 팔락거리는 게 얼핏 보였다. 문짝 가까이 다가간 서암이 문고리를 잡고 고리를 문에 부딪어 몇 번 소리를 냈다. 그러자 안쪽에서 인기척이 나는가 싶더니 문짝 아래로 보이는 불빛이 제법 밝아졌다.

"안에 누구 계십니까?"

서암이 다시 물었다. 이번엔 청국말이 아니었다. 조선말이었다. 교교한 적막이 실내를 휘돌았다. 그리 오래는 아니었지만 세월 하나가 지나갈 만큼 길게 느껴지는 침묵이 문 이쪽과 저쪽을 완강하게 갈라놓았다.

"찡리츠믄(주인장이 밖에 나갔으니), 샤츠 짜이라이빠(다음에 다시 오시지요)."

문 안쪽에서 청국말이 들려왔다. 문을 열어줄 생각이 없는 듯, 문짝 아래에 밝아지는 듯하던 불빛도 다시 잦아졌다. 서암이 문 가까이 얼굴을 대고는 깊이 숨을 들이쉬었다. 그리곤 길고 낮게 숨을 뱉어냈다.

"처남."

이번에도 중국말이 아니다. 곁에 섰던 홍덕보가 귀를 의심한 듯 조그만 소리로 "처남?"하고 서암이 한 말을 그대로 되뇌었다. 문짝 안에선 아무 소리도 나지 않았다. 하지만 더욱 짙어진 적요가 폭풍전야의 불길한 고요처럼 미구에 몰아칠 거센 바람을 암시하고 있었다.

"상현이, 나야, 호민이."

고요는 더욱 짙어졌다. 서암이란 사내는 문에다 얼굴을 더 바짝 대고는 낮고 끈끈한 목소리를 흘려놓았다.

"먼먼요우러(門門有路), 루루요우먼(路路有門). 카이먼지안루(開門見路)……."

문마다 그 앞에는 길이 있다. 길마다 또한 문이 있다. 문을 열어 길을 보라. 문은 길을 막지 않는다. 길은 문을 뚫지 않는다. 문은 길로 나아가는 여정의 시작이며, 길은 그 여정이 풀어놓는 이야기이니, 길이 들려주는 소리를 들으려는 자는 그 문을 연다.

문짝 아래로 비치던 불빛이 흔들리더니 잦아졌던 불빛이 다시 살아났다. 얼마 뒤 옷자락이 팔락거리는 소리가 들렸다. 그리고 완강하게 닫혔던 문이 안쪽으로 열렸다. 문이 열리고 츠파오 차림의 남자가 모습을 드러냈다.

"……"

"……"

츠파오 남자의 손에 들린 자루 달린 종지 모양의 등잔불에 남자의 얼굴이 비쳤다. 얼굴은 수염이 더북하게 자랐으나 아직 서른이 되지 않아 보였다. 서암이란 사람은 문 너머에서 그를 처남이라 불렀다. 상현이라는 이름으로도 불렀다. 서암은 츠파오 차림을 한 남자의 얼굴에서 수염을 지웠다. 그리고 상현을, 자신의 처남을, 확인했다. 마지막으로 본 것이 다섯 해 전이었다. 많이 야위었고, 눈빛에는 지친 기색이

역력했다. 온몸에서 세월의 씁쓸함이, 아득함이, 비어져 나
왔다. 그런데 거기서 느껴지는 건 범접하기 힘든 기운이었
다. 그 때문이었을까. 서암은, 박호민은, 상현에게로 뻗어 나
가려던 손길을 가만히 거두었다.

"처남."

박호민의 목소리가 떨렸다. 멀찍이 떨어져 있던 홍덕보는
얼어붙은 듯 눈만 휘둥휘둥 굴리며 두 사람의 표정을 좇았다.

"매형."

"그래."

박호민의 눈에서 제어할 수 없는 눈물이 주르르 흘렀다.
상현이 등잔을 쥔 반대편 손으로 박호민의 팔뚝을 부여잡았
다. 어금니를 깨물어 그의 양쪽 턱이 불룩 솟았다. 마침내 그
의 두 눈에서도 눈물이 흘러내렸다.

어두운 초상

"어디까지, 얼마나 알고 있나?"

조그마한 흑사(黑砂) 술잔에 담긴 죽엽청주를 목 너머로 넘
긴 박호민이 상현에게 술잔을 건네주며 물었다. 그리곤 조
심스런 눈으로 방 안을 훑었다. 등잔을 한껏 돋아서인지 너
른 방이 더 넓어 보인다. 술이 약한 홍덕보는 청주를 딱 한
잔만 마시고는 방 안에 가득하게 걸려 있거나 쌓여 있는 그

림들에 완전히 빠져 있었다.

"다 알고 있다면 거짓말이겠지요."

상현의 낮은 목소리가 마룻바닥으로 힘없이 떨어졌다. 그
는 박호민이 따라준 청주를 이내 비워내고는 술잔을 다시
건네지 않고 생각에 잠긴 듯 오래 들고 있었다.

"잊으려고 애쓸수록 더 크게 들리더군요. 그럴수록 더 자
세하게 들렸어요. 첫해는 편지도 많이 썼더랬습니다."

"보내기도 했고?"

"아뇨."

상현의 고개가 가로로 흔들렸다.

"한 통만 보냈습니다."

"야속도 하군. 한 통이면 내가 받았어야 하는 거 아닌가?"

"흐흐, 자형한테 보내면 모두한테 보내는 것이지요."

"그런가? 그래, 그 편지가 어디로 간 걸까?"

"해주로 보냈습니다."

"해주면……."

"예. 장인어른 댁으로 보냈어요."

상현의 말에 뭔가 짚이는 듯 박호민의 고개가 끄덕거렸다.

"처남댁더러 해주로 가라고 한 게 자네였군."

"사실은, 한양을 떠나올 때 아내가 먼저 그랬어요. 제가 떠
나면 그 사람도 떠나겠다고요."

두 사람 사이에 긴 침묵이 지나갔다. 말없이 술잔이 오가
는 동안 홍덕보가 방 안 가득 걸려 있거나 쌓여 있는 그림들

을 넘겨보는 소리만 바스락바스락 들려왔다.

"한양 소식을 들으면 돌아갈 보따리를 쌀 것 같아서 해마다 이 무렵에 연공사가 올 때면 남쪽으로 떠났었지요."

"아, 그래서 내가 아무리 찾으려 해도 찾을 수가 없었구먼. 돌아오는 게 무슨 대수라고."

"아뇨, 안 그래요. 큰일이지요."

"목숨이라도 내놓으라 할 것 같아서? 왕비가 된 사람의 사촌 오라비를 누가 감히……."

거기까지 말해놓고는 괜한 말을 했다 싶었는지 박호민이 상현의 손에 쥐어져 있던 술잔을 빼앗다시피 해서는 술을 부어 목구멍 너머로 털어 넣었다. 하지만 상현의 얼굴은 담담했다.

"가끔 그런 생각을 해요."

박호민이 술잔을 상현에게 건넸다. 술이 담긴 술잔을 무심히 내려다보며 상현이 말을 이었다.

"내 생각을 알아주는 사람이 있으면 좋겠지만 그런 사람은 없다는 걸요. 있을 수 없다는 걸요."

"하나도 없다?"

"예. 하나도 없어요."

"민망하고 섭섭하구먼. 나도 아니다?"

"매형만 아닌 게 아니라, 누군가의 생각을, 남의 생각을 명확하게 아는 사람이 없다는 겁니다."

"어렵군."

상현이 술잔을 넘겼다. 그리곤 낮게 숨을 내쉬었다. 상현을 멍하니 바라보는 박호민의 눈에 또 물기가 어렸다.

"그대 말이 맞는 것 같아. 그대가 왜 춘화도에 집착하는지를 안다고 생각했는데, 그대가 남겨놓은 그림들을 펼쳐볼 때마다 뒤통수를 얻어맞은 듯했지. 이건 춘화가 아니다. 적어도 우리가 춘화라 부르는 그런 그림은 아니다. 알몸을 그리고, 빠알간 유두를 도드라지게 그렸을 뿐, 이건 춘화가 아니다. 그런 생각이 들더군. 춘화였다면 음부의 터럭을 그렇게 정밀하게 그릴 일은 아니었지. 살결을 하얗게 드러내려고 배경을 짙게 할 일도 아니었고, 볼의 홍조 속 파랗게 비치는 핏줄까지 그릴 일도 아니고."

상현이 그렸던 그림들에 대해 박호민이 서슴서슴 평을 하고 있을 때, 방 안의 그림들에 빠져들어 있던 홍덕보가 두 사람에게로 돌아섰다. 그의 손에는 마치 방금 박호민이 한 그림평을 증명이라도 하는 듯한, 아래로 긴 채색 인물화 한 점이 들려 있었다.

박호민이 탁자 귀퉁이에 놓여 있던 등잔 손잡이를 잡고는 홍덕보가 들고 있는 그림 족자 가까이로 다가가 불을 비추었다. 여인이 입고 있는 주홍색이 타오르는 듯 도드라졌다. 소매와 옷깃의 문양도 실제 옷을 보듯 선명했다.

"이거, 낭세녕이 그린…… 건륭제가 애타게 마음을 가지려 했던…… 향비?"

"흐흐, 매형의 기억력은 여전하군요."

"그래, 맞아!"

그렇게 말하고는 고개를 갸웃했다.

"이게 정말 향비의 초상이라면, 이게 어찌 그대한테 있는가? 이게 대체 얼마……."

그러다가 등잔불을 그림 가까이 더욱 끌어당겼다. 그리곤 소리 없이 웃었다. 그 모습을 본 홍덕보가 눈을 동그랗게 떴다.

"이보게 서암, 자네의 그 알 수 없는 미소는 무슨 뜻인가?"

박호민이 홍덕보의 손에 들려 있던 그림을 가져다가 그에게 보여주었다.

"내 말 잘 들어보시게, 담헌."

침을 한번 꿀꺽 삼킨 박호민이 말을 이었다.

"청대 초에 궁정화가를 지냈던 서양 사람 낭세녕은 들어보았는가? 들어는 보았을지 모르나 그림을 본 적은 없을 거야. 내가 동지사 수행역관으로 왔을 때, 모사한 것이긴 해도 낭세녕의 흰 매 그림 한 점을 가져간 게 처음이자 마지막이고, 지금 그건 도화서 수장고 안에 고이 모셔져 있을 테니까. 이게 바로 그 백응도(白鷹圖)를 그린 낭세녕이 건륭제의 향비(香妃)를 그린 것일세. 그런데 말이야."

거기까지 말한 박호민은 고개를 상현에게로 돌렸다. 홍덕보의 고개도 상현에게로 향했다. 두 사람을 물끄러미 바라보는 상현의 입가에 희미한 미소가 어렸다가 지워졌다.

"향비를 실제로 본 사람이거나 낭세녕의 향비 초상화를 실제로 본 사람이면 혹 모를까, 이 그림이 실제 그림과 다르다는 걸 아는 사람은 아마도 없을 거야. 왜 그런가하면 말이야. 이건 저기 저, 조선의 화사께서 그렸으니까. 또한 입은 옷들만 향비에게서 빌려 왔을 뿐 인물도 향비가 아니니까."

"향비가 아니면, 누구인가?"

홍덕보가 갈망하듯 물었다.

"글쎄……."

대답은 돌아가지 않았다. 돌아가지 않을 것이다. 대답을 할 수 있는 사람은 세상에 딱 둘밖에 없는데, 둘 모두 입을 열지 않을 것이다.

아름다운 사람

한겨울의 파란 새벽빛이 물감을 끼얹은 듯 유리창 긴 거리를 물들인다. 가게마다 내걸린 등불이 모두 꺼졌기 때문일까, 활기를 완전히 지워버린 텅 빈 거리는 유령조차 찾아들지 않는 폐허의 절간이다. 거리 끝에서 바라보는 풍경이 얼음으로 덮인 물속을 들여다보는 것 같다.

"저것 말이야."

남바위를 당겨 귀를 감싸던 박호민이 '조복사'라고 쓰인 간판을 흘끔 보며 말했다.

"아무리 생각해도 이름이 이상해. 무슨 복을 짓겠다는 건가?"

상현도 간판 쪽으로 눈길을 돌렸다.

"어디 맞춰보세요."

"자네 복잡한 심사를 내가 어찌 짐작하겠나."

"짐작할 만한 꺼리를 드리지요. 조복……이란 걸 이 사람들 말로 한번 읽어보세요."

상현의 말에 박호민의 입술이 소리 없이 움직였다.

"자오 푸? 자오…… 푸…….."

상현의 고개가 가만히 끄덕여졌다.

"저 복(福) 자에 비밀이 있겠군."

상현의 입술 끝이 묘하게 올라갔다. 박호민이 눈살을 가늘게 뜨고는 몇 가지 추리를 내놓았다.

"우리가 '복'이라고 읽는 저건 이쪽 사람들은 '푸'라고 읽는데, '푸'라고 읽히는 글자를 하나씩 넣어보면…….."

"다 온 것 같네요."

"그래, 부용의 부(芙)가 잡히네그려. 부용의 부를 여기서는 '푸'라고 읽지."

상현이 처음 유리창 거리에 당도했던 다섯 해 전, '조복사' 일흔일곱 살의 노인이 주인이었다. 그때 그 '조복'은 복을 짓는다는 '造福(조복)'이 아니라 '부용꽃을 그린다'는 '造芙(조부)'였다. 두 개의 이름은 우리말로 읽으면 다르지만, 청나라 말로는 둘 모두 '자오푸'로 읽혔다. '부'를 '복'으로 바꾼 건 상현이 가게를 맡은 뒤였다. 일흔일곱 살의 주인은 어릴 때부터 연꽃만 그린 사람으로, 연꽃 그림이 필요한 사람은 모두 그를 찾았다. 상현으로 하여금 그 노인을 찾아가도록 한 것은 도화서 화사 정진모였다. 노인과 첫 대면을 한 상현은 노인이 그려놓은 어느 부용도(芙蓉圖)의 여백에 반라(牛裸)의 여인을 그리고 연잎 몇 장을 더 그려 여인의 아랫도리를 가렸다. 노인은 상현에게 "니 쩐후이 화아(그림을 제법 아는구나)"라고 말하고는, 며칠 뒤부터 가게를 상현에게 맡겼다. 상현에게 가게를 맡긴 지 한 달쯤 하릴없이 빈둥거리며 지내던 노인은 더 이상 모습을 보이지 않았다. 홀연히 사라졌던 노인에게서 한 해쯤 뒤 편지가 왔다. 편지에는, 따뜻한 월국(越國)에서 여생을 보낼 테니 애써 찾을 생각하지 말라는 것과 누가 연꽃 그림을 그려달라고 해도 더 이상 그리지 말라는 것, 그리고 가게 이름에서 '芙'를 '福'으로 바꾸는 게 좋을 것 같다는 얘기가 적혀 있었다.

"그 노인을 알지."

상현의 말을 듣고 난 박호민이 고개를 가만히 끄덕이며 말했다. 화사 정진모의 부탁으로 북경에 왔던 박호민이 노인으로부터 연꽃 그림을 사가지고 갔던 일이라면 상현도 아는 얘기였다. 박호민은 부용화를 그리던 노인의 모습을 아주 자세하게 설명했다. 상현은 자신의 기억에 남아 있던 노인을 거기에 겹쳤다.

"아름답다는 건 뭘까? 그저 예쁜 것과는 다르겠지?"

박호민이 불쑥 물었다. 상현은 대답을 주저했다. 그럴 수도 있고, 그렇지 않을 수도 있다. 노인의 부용화는 아름다웠다. 연꽃이 가득 핀 여름의 연못 그림을 본 적이 있었다. 예

쓰지 않았다. 무서웠다. 그러나 아름다웠다.

새벽빛이 조금씩 옅어지고, 그 옅어진 자리를 빛가루가 채웠다.

"처남, 내가 한 말, 잘 생각해보게. 오 년이면 긴 방랑이라 할 수 있지. 너무 오래 떠돌면 영영 돌아오지 못할지도 몰라. 습이 되는 것만큼 무서운 것도 없잖아."

"그러지요."

그렇다는 건지, 아니라는 건지, 모호한 대답이었다.

"그만 가보세요."

상현이 고개를 숙였다.

"담헌 선생님도 강령하시길 빕니다."

홍덕보가 스님이 하듯 두 손을 모아 코끝에 댔다.

"매형의 말씀이 간곡하니, 부디 보름 뒤 조선으로 돌아갈 때 함께 갔으면 싶소."

"그러지요."

상현의 대답은 여전히 모호한 자리에 남겨졌다.

박호민이 걸음을 떼다 말고 다시 상현에게로 돌아와 팔을 붙들었다. 참으려 애써도 소용이 없었다. 굵고 찬 눈물이 주르르 흘렀다. 목이 메어 말을 할 수 없었다.

"상현아."

"매형."

서로를 불러놓고는 또 누구도 돌아서지 못했다. 두 사람 모두 어금니를 깨물어 아래턱이 불룩 솟았다. 상현이 먼저 손을 풀었다. 그리고 돌아섰다. 상현은 깨문 어금니를 다시 물었다. 그리고 조복사의 닳은 문턱을 넘었다. 아름답다는 건 무언가. 우리는 무엇을 아름답다 하는가. 사람들이 스쳐 갔다. 상현의 작은 몸을 감싼 큰아버지의 부드러운 두 손이, 따뜻한 음성이, 지나갔다. 아버지의 무덤가 잔설을 뚫고 피어오른 복수초 노란 꽃이, 어린 상현의 머리를 쓸어안은 어머니의 차가운 몸이, 그의 뺨에 닿은 누나의 작은 손바닥이, 지나갔다. 무릎이 꺾일 때마다 모든 것은 스러진다, 스러지지 않기를 바라지 말라며 팔뚝을 으스러지게 쥐던 매형의 손아귀가, 당신이 읊던 이하(李賀)[20]의 귀기 어린 시들이, 지나갔다. 보드랍고도 뜨겁던 아내의 손길이, 어머니의 그것만큼이나 냉담하지만 그윽하던 눈이, 은밀했던 숨결이, 가슴 안에 샘물처럼 고이던 그녀에 대한 미안함이, 지나갔다. 그리고 상희가, 달려왔다. 가쁜 숨을 몰아쉬며, 비단치마를 끌며, 그의 앞에 멈추었다.

등불이 모두 꺼진 가게 안은 칠흑처럼 어두웠다. 탁자 앞에 놓인 긴 의자의 모서리가 정강이를 때렸다. 아픔이 눈두덩으로 몰려와 눈물로 맺혔다. 상현은 어둠 속으로, 아무것도 없는 깜깜한 어둠 속으로, 천천히 손을 뻗었다.

---

20) 시작에 몰두해 15세 때에 이미 이름이 알려진 중국 당나라 때의 시인 (790~816)으로, 몽환적이며 신비한 분위기의 시로 귀재(鬼才)라는 평을 받았다.

소녀를 위하여

봄이 왔다.
천지에 다시 봄이 왔다.

　　八世偸照鏡(팔세유조경) 長眉已能畵(장미이능화)
　　十世去踏靑(십세거답청) 芙蓉作裙衩(부용작군차)
　　十二學彈箏(십이학탄쟁) 銀甲不曾卸(은갑부증사)
　　十四臟六親(십사장육친) 懸知猶未嫁(현지유미가)
　　十五泣春風(십오읍춘풍) 背面鞦韆下(배면추천하)

　　여덟 살 때 몰래 거울을 보고
　　눈썹을 길게 그릴 줄을 알았고요
　　열 살에 들놀이를 나갈 땐
　　부용꽃 치마를 입었었지요
　　열두 살에 거문고를 배워
　　은골무 손가락을 떠나지 않았고요
　　열네 살엔 혼인하지 않은 것 알려질까
　　부모형제에 숨어 있었고요
　　열다섯 살, 봄이 까닭 없이 슬퍼
　　그넷줄 잡은 채 얼굴 돌려 울었답니다

만당(晚唐)의 시인 이상은(李商隱)이 어느 시에서 그린 소녀.

봄이 까닭 없이 슬퍼 그넷줄 잡은 채 얼굴을 돌려 눈물짓던 열다섯 살 소녀. 여덟 살에 거울을 몰래 들여다보며 길게 눈썹을 그리고, 열 살에 연꽃 수놓은 치마를 입고 나물을 캐러 다닌, 열두 살엔 거문고를 배워 은갑을 손에서 떼지 않았던 그녀.

해마다 봄은 한 번의 어김도 없이 오지만, 누군가에게 그 봄은 영영 올 것 같지 않은 듯 시간의 경계를 서성거린다. 그녀를 떠나지 못하는 소년은, 다시 돌아올 것을 알면서도 짐짓, 가련한 가슴을 쓸어내며 이마에 손을 얹은 채, 봄이 아직 오지 않았다는 듯 먼 데를 바라본다. 모든 것이 보여도 단 하나만 보이지 않는, 이승에 있으나 저승에 있는 듯 돌아가지 못하는, 경계에 세워진 담벼락 밑, 아득한 곳을.

모든 장면이 속절없이 슬픈, 노랗게 해가 뜬 정오.

나귀의 양편에 짐을 가득 실은 남자는 고삐를 쥔 채 낮게 한숨을 쉬었다. 수염 더북한 그의 얼굴로 밀려든 봄의 바람이 더없이 평화로우니 안도한다는 듯 그를 떠난다. 얼마나 더 떠돌아야 정말로 평화로울 수 있는지, 그는 묻지 않는다. 만 리 멀리 떨어진 곳, 궁궐 어느 널따란 방 한켠에서 곱게 머리를 빗고 있을 소녀, 오래오래 세월이 흘러도 소녀로만 남을 그녀의 안부가, 그저, 궁금할 뿐.

또 한 번의 봄이 지나가고 있다.

열망과 환상, 그리고 예술

김지윤
문학평론가

공상과 광란, 희망 위에서

"환상은 공상 위에서, 때로는 광란 위에서, 그리고 항상 희망 위에서, 무엇보다도 구원의 희망 위에서 이루어진다"[1]라고 마르셀 슈나이더는 말했다. 하창수 장편소설 『사랑을 그리다』를 읽고 나면 공상과 광란, 희망 위에서 이루어지는 한 화가의 환상을 엿본 듯 어지러운 느낌이 남는다. 환상은 심리적 갈망을 담고 있으며 욕망에 대해 이야기한다.

하창수의 이전 소설들이 암울한 현실 앞에서 위축되는 삶의 모습을 보여 주곤 했다면 이번 소설은 마음 깊이 바라는

---

1) Marcel Schneider, La littérature fantastique en France, Fayard, Paris 1964, p.8.

것과 현실 사이의 괴리를 상상적인 방식으로 넘어서려고 하는 예술적 시도를 보여준다. 주로 절망과 냉소의 정조를 느낄 수 있었던 전작들과 달리 현실의 황폐함 위에 다른 차원의 희망을 발견하는 모습을 그려내고 있다고 할 수 있다.

이 소설 속 인물들은 제각기 상실감과 공허감을 느끼고 있다. 주인공 김상현은 아들처럼 자신을 아껴 준 백부의 딸인 사촌 상희를 연모하고 있으나 이미 자신은 정례를 올린 몸인데다 천륜을 어길 수 없으니 마음에만 묻고 있다. 상현의 부인인 미령은 연인이 있었지만 상현에게 시집을 온 처지라 잊지 못할 사랑 때문에 가슴에 구멍이 나 있다. 상현이 춘화도를 처음 접하게 된 계기가 된 박호민은 문과 초시와 복시를 모두 통과했으나 성균관에 입학하지 않고 재야에 있는 사람이다. 학식이 높고 한어와 일어에도 능통한, 대단한 학문적 성취를 거둔 사람이지만 "마치 스산한 바람에 낙엽이 쓸려가는 것 같은, 가슴 한 켠을 서늘하게 비워내는 늦은 가을의 쓸쓸함을 닮아"(30) 있다.

상현은 도화서 화사인 정진모의 춘화를 보고 마음속에 갈무리해두었던 갈망을 끌어낼 수 있게 된다. 정인의 얼굴이 그 위에 겹쳐진다. "마음이 밝아질 때면 떠오르는, 떠오르면 마음이 환해지는"(47) 얼굴이다. 춘화를 보고 이렇게 "맑고 밝은 얼굴"을 떠올린다는 것은 맞지 않는 일처럼 느껴진다. 이 소설 속에서는 이처럼 상식이나 논리를 벗어난 설정이나 모순적인 인물들이 많이 등장한다. 상현이 근친에 대한 욕망을 품는 것부터가 금기에 해당되는 것처럼, 사회의 상식이 통하지 않는 영역이 이 소설의 관심사이기 때문이다.

"장안에서 그림값을 제대로 받는 화사들 가운데서도 첫손에 꼽히는 사람"(27)인 정진모는 왕실을 위해 예법에 맞는 그림을 그리는 화사이면서도 개인적으로는 춘화를 그리는 인물인데, 뜨거운 남녀상열의 장면을 그려내지만 "차갑기가 돌과 같"(35)고 "모욕을 인정하지 않"(36)는 사람이다. 상현은 그를 만나고 와서 "유목광풍"과 "협구홍수"같은 표현을 일기장에 적을 정도로 충격을 받고 "상현을 몰아친 광풍과 홍수는 쉬 끝나지 않"(97)다가 큰아버지를 만나고 와서 사흘을 앓아눕고 나서, 자신의 욕망을 인정하게 된 후에야 가라앉힐 수 있게 된다.

사실 이 소설의 배경인 조선 시대의 유교적 예법과 이를 벗어나는 인물들의 '풍류'부터가 모순적인 데가 있다. 구중궁궐에서 세자와 왕이 나누는 대화에서 그들은 "세 가지 유익한 즐거움"을 언급하며 절도를 지키는 것, 남의 훌륭한 행실을 즐거이 말하는 것, 출중한 벗이 많음을 즐거워하는 것이라고 말한다. 그러나 이보다는 공자가 "즐거움이 지나쳐 해로움이 되는 세 가지"라고 말했던 욕망과 게으르게 놀기, 술자리를 과하게 즐기는 것에 더욱 자세히 논한다.

상현의 백부이자 상희의 아버지인 김자청은 상현에게 세자의 벗이 되라고 권하는데 궁궐의 풍파를 겪고 있으며 세자 책봉이 늦어지고 있으나 실질적인 동궁인 문선군의 진정

한 벗이 되어 기회를 잡으라고 한다. 하지만 상현은 그것이 상희를 궁궐로 보내려는 마음을 실현시키기 위해 들러리로 삼고자 하는 의도를 숨기고 있다고 생각하여 거부한다. 그 이후 백부의 집에 마련된 공부방에도 가지 않고, 상희가 보내온 편지에도 답장하지 않는다. 하지만 상희가 그려온 석란이 붙어 있는 괴석 그림을 보고는 마음이 움직여 "참담히 스러진 향기나 엿볼 수밖에"(90)라는 구절이 담긴 시를 써서 돌려보낸다. 그러나 "참담히 스러진" 내밀한 바람은 그를 사로잡고 놓아주지 않는다. 그것은 점점 욕망의 모습이 된다. "눈을 감으면 벌거벗은 여인의 몸이 아득한 절벽처럼 버티어"(91) 있는 것이다. 그것은 욕망이 환상의 형태로 구현된 것이다. 그는 사흘 동안이나 잠에서 깨어나지 못하는데 그 동안의 그의 환상은 구체적인 모습으로 형성되고, 길고 긴 꿈속에서 그는 확신을 얻게 된다. 그것이 그의 갈망을 충족시켜 줄 수 있기에 오랜 잠에서 깬 그는 "이상하게 목이 마르지 않"(93)는 느낌을 갖는다.

상현의 아내가 잠든 그의 "야한 잠꼬대"(98)를 듣고 당황해 하는 것은 그를 이해하지 못하기 때문이다. 그의 잠꼬대에서 흘러나온 이야기는 상희가 그려 보내 준 괴석도에 대한 것이다. 그는 계곡의 입구를 그린 괴석과 난초를 성적 상징으로 받아들인다. 이는 과도한 점이 있지만, 그의 보답 받지 못하는 욕망이 과도한 상상을 통해 충족될 수 있음을 스스로 깨닫게 된 계기가 되고 잠에서 깬 그는 아내에게 운우첩책을 그리겠다고 선언한다. 어릴 때부터 많은 글을 읽어 생각이 깊은 아내 미령은 "누군가를 함부로 재단하는 것은 그 사람을 억압하는 것"(108)임을 알고 있었기 때문에 그의 결정에 대해 반박하거나 판단하지 않고 다만 "서방님은 그림을 잘 그립니다." "서방님은 그림 그리기를 좋아합니다."(114)라고 대답했다. 춘화 역시 그림이고, 몽롱지화 속 운우를 즐기는 사람들도 일반적인 그림의 대상인 자연물과 마찬가지이며 "그냥 그림이니 얼마든 그릴 수 있는 거"(116)라는 무심한 생각을 드러내는 그녀의 대답을 듣고 그는 왠지 모를 "완강한 부정"(116)을 느낀다. 그에게 그것은 단순한 그림이 아니기 때문이다. 상현이 화폭에 담고 싶은 것은 그의 공상과 광란, 그리고 희망이다.

존재하지 않는 것을 찾기

로즈마리 잭슨은 '욕망의 문학'이 "부재와 상실로서 경험되는 것이 무엇인지 탐구"하는 것이라면서 "욕망이 문화적 질서와 지속성을 교란시킬 때 환상은 그러한 욕망을 배출한다."[2]고 했다. 그는 환상이 "문화적 질서의 근본 토대를 지적

---

2) Rosmary Jackson, Fantasy: the literature of Subversion (London: Methuen, 1981), pp. 3~4.

하며 잠시 동안이나마 무질서와 무법을 향해, 법과 지배적 가치 체계의 바깥에 놓여 있는 것들을 향해 열려 있다"고 보았다.

이 소설은 사회의 법도와 금기를 초월하는 욕망이 환상의 형태로 잠시나마 질서를 넘어서서 "법과 지배적 가치 체계의 바깥"으로 열린 문으로 배출되는 것을, 운우첩을 그리는 행위로 보여준다. 그림으로 사회의 규범을 넘어서려는 시도는 조선 시대 이단 화가들에 대한 서사를 그려낸 하창수의 전작 『그들의 나라』(책세상, 1998)와 겹쳐진다. 이 책은 150년 전. 조선 말기를 시대적 배경으로 해서 부조리한 전통과 제도의 틀을 깨려고 하는 예술가들의 고투를 그린 4권짜리 장편 소설이다.

하창수는 1987년 계간 《문예중앙》 신인문학상에 중편소설 당선작 「청산유감」으로 등단했다. 1991년 군대체험을 바탕으로 한 장편소설 『돌아서지 않는 사람들』(중앙M&B, 1990)로 한국일보문학상을 받았고 장편 정치역사 소설인 『1987』에서 반정부 조직이 운영하는 비밀 테러단체와 이를 지켜보며 소설을 쓰려 하지만 시대의 억압을 받고 있는 소설가를 그려내기도 했다. 그의 작품에는 늘 세상의 비밀에 대한 사유와 넘을 수 없을 것 같은 굳건한 사회의 벽, 억압적 제도와 현실적 제약 너머를 바라보려는 시선이 담겨 있곤 했다.

문단 데뷔 30년을 맞아 썼던 장편소설 『천국에서 돌아오다』(북인, 2016)는 마두라에서 스리랑카로 건너가는 해협 '아담의 다리'로 가는 배 안에서 주인공이 어떤 깨달음의 상태에 도달하는 것을 담아내었다. 세상의 혼란을 인정하고 명료한 것이란 없다는 것을 인식하면서 주인공은 마음의 평온을 얻게 된다.

> 자네 찾고 있군, 조
> 존재하지 않는 것을 말야
> 나는 시작을 말하는 걸세
> 끝과 시작을
> 끝과 시작 — 세상에 그런 건 없다네
> 존재하는 건 오직 중간뿐이지

위 소설 속에 등장하는 편지의 구절이다. "자네 찾고 있군 조, 존재하지 않는 것을 말야"라는 말처럼 '존재하지 않는 것'을 찾아 헤매는 모색은 보답 받기 어렵고, 결국 영원한 여정만이 남는다. "오직 중간뿐"인 것이다.

문흥술 평론가는 하창수의 「월면보행」을 두고 "좋은 소설가는 세상의 열기가 조금도 느껴지지 않는 공간에 자신을 위치시키고 현상 뒤에 내재한 본질을 치열하게 탐색해 들어가야 한다는 작가의 성찰이 와 닿는 작품"이라고 평한 바 있다.

『사랑을 그리다』 속에서도 "세상의 열기가 조금도 느껴지지 않는 공간"에서 예술 행위를 하는 주인공이 등장한다. 춘화를 그리는 데도 상현의 마음속을 채우는 것은 "분탕한 욕망"(99)이 아니며 "그에게 여체는 그림에 안치되는 물상에 지나지 않았다."(162) 산이나 나무, 강이나 물과 같은 것이었다. 그림을 그리기 위해 여자의 육체를 보면서도 그는 "사물에 마음이 쏠려 절조를 잃는"(122) '완물상지'를 경계했다. 그가 그림을 그리는 것은 미술을 통해 완성하는 환상 그 자체에 목적이 있는 것이다.

"보이는 것만을 본다면 다 본 것이 아니다. 행간에 숨겨진 작가의 진의를 캐내는 게 진짜 독서라면, 그림을 제대로 감상하는 것은 구도와 색채 너머를 보는 것이다. 그리고 선과 색의 갈피에 숨겨진 것을 보아야 한다."(123)라는 말처럼 예술가가 진정 표현하려고 하는 것은 드러나 있기보다는 구도와 색채 너머, 문장과 문장 사이의 행간 안에 있다. 그것들은 눈에 띄지 않기 때문에 존재하지 않는 것만 같지만, 분명 존재한다. 이러한 것들은 마치 자연의 일부인 것처럼 세상 속에 숨어 있다. 바람과 구름과 비처럼, 가끔 그 존재를 느끼지만 대부분 인식할 수 없고 때로는 숨겨져 있다.

이 소설 속에서 기생 여희가 춘화를 그리는 상현을 보며 떠올리는 옛 정인의 시 구절은 이러한 사실을 잘 보여준다. 그는 사랑을 묻는 여희에게 대답 대신 괴석풍란을 그린 하얀 속치마에 시를 써준다.

"바람은 펼쳐진 손바닥 위에 머물다 떠나고/ 저 높은 하늘의 구름은 비가 되어 나를 적시니/ 사람이 안다는 것은 모

르는 것의 그림자일 뿐/ 정과 욕이 만들어낸 사랑으로/ 어찌 무심의 깊이를 헤아리겠는가?"(162)

"정과 욕이 만들어낸 사랑"보다 더 깊은 것은 "무심"이다. '무심'은 사사로운 정과 욕망을 초월하는 것이며 인간들은 그와 같은 경지를 갈구하지만 실제 얻기는 극히 어렵다. 은평 색주가에서 한 달을 머물며 그림을 그린 상현에게서 여희는 욕정을 발견하는 대신 "그가 가진 욕심이라곤 오직 그림밖에 없"(179)다는 깨달음을 얻는다. 그것은 인간의 욕망을 넘어선 것이기에, 박호민에게 상현의 그림에 대해 설명하던 여희는 난데없이 한 글자 한 글자가 도깨비를 의미하는 '이매망량'을 언급한다. 그녀는 말한다. "저 화사님의 그림이 어떠했냐고 물으셨지요? 소첩이 본 것은, 아무래도 이거나, 매거나, 망이거나, 량이었던 것 같습니다."(182)

허무를 뛰어넘으려는 노력은 그 자신이 허무가 됨으로써 가능하다는 것을 깨달은 인간은 존재에서부터 비존재로 향하는 길을 모색한다. 비존재는 '무'와는 다르다. 다만 이매망량처럼 존재할 뿐이다.

몰두하라, 환상 속에서

그림을 그리는 데 있어 타고난 감각도 중요하지만, 문제는 이를 어떻게 넘어서냐는 데 있으며 "수많은 날들의 몰두"(129)

에서부터 그 가능성이 생겨난다. "하늘이 상현에게 내린 진짜 재능은 몰두"에 있다. 상현은 미친 듯 몰두해 그림을 그리면서 점점 자신의 환상을 구체화시켜 나간다. 예술은 기대감을 불러오며 그것이 충족되기까지 안정감은 주어지지 않는다. 그가 창작을 할 수 있는 것은 불안이 계속되는 까닭이다.

상현의 그림은 표면적으로는 춘화지만, 사실 일반적인 성적 욕망과는 거리가 먼 그림이다. 그의 창작 과정 자체도 일상적 삶의 많은 부분들과 차단된 상태에서 이루어진다. 그림 속의 인물들이 느끼는 감각은 강렬하지만 일상과는 거리가 멀다. 실제 삶 속에서 어떤 사람에게 요구되는 역할이나 의무, 책임 등은 그림 속의 사람들에게 적용되지 않는다. '순수한 몰두'가 화가와 그림 속 인물들 모두를 사로잡고 있으며, 그러한 몰입은 그들을 일상과 분리시킨다.

그림을 그리는 사람에게 재능보다 더욱 필요한 것은 이처럼 일상적인 것 이상의 감각을 얻는 일이다. 이 소설의 표현을 빌려 말하자면, '정결한 음란'의 경지에 도달하는 감각 같은 것이다. 음란이 정결할 수 있다는 것은 모순적으로 여겨지지만 사랑하는 사람을 잃어버리는 "죽음보다 더 끔찍한 일을 겪"(223)고 있는 화가의 이루어지지 않을 욕망을 대리적으로 실현시키는 춘화를 표현하기에 가장 적절한 말이라 할 수 있다.

자신의 딸이 세자의 눈에 들어 왕비가 되기를 원하는 백부의 의중을 읽고, 이것을 성사시키기 위한 들러리가 되기 싫다는 마음에 상현은 떠났지만, 오히려 그것이 "상현이 머물던 녹우재 아래 사랑채"에서 상현이 했던 그대로 세자가 상희와 말벗을 하고 가까워질 수 있게 된 계기가 된다. 이 아이러니한 사실을 너무 늦게 알게 된 상현은 깊은 슬픔을 느낀다. 상현의 어머니가 탄식하는 말인 "어리석은 것!"(197)처럼, 결국 자신이 할 수 있는 일이 없음을 깨달았기 때문이다. 한 달 만에 백부 댁을 찾아가며 그는 외로움을 느끼고, 자신이 알몸의 여인을 그리려 한 이유가 "아무리 감추고 감추어도 드러나는, 자신에게만은 끝내 감출 수 없는, 그 외로움"(208) 때문이었으며 결국 그것은 사랑이라는 사실을 자각한다.

그가 아무리 원하지 않는다 해도 부조리한 현실에 정녕 부딪치지 않을 방법은 없다. 그것이 가능하려면 현실원칙을 벗어나야만 한다. "이룰 수 없다는 걸 알면 알수록 더 놓아지지 않"(208)는 이유는 그것이 "심장의 뜻"(211)이기 때문이다. "저를 저답지 못하게 한다면, 만약 거기에 반하는 것이 있다면, 그것을 거부하고 저항하는 것"(213)이 옳다고 생각한다고 상현은 백부에게 말한다. 그러자 백부는 상현의 앞에 상현이 그린 춘화첩을 집어던진다.

그것은 상현의 사랑과 열망을 담은, 그가 자기다운 사람이 되기 위해 그린 그림들이었지만 백부가 상현 앞에 그것을 던진 순간 "난삽하고 추잡한 남녀상열의 더러운 춘화첩"(189)에 불과한 것으로 전락하고 만다. 환상이 환상으로 기능할 수 있는 것은 믿음 때문이다. 환상을 믿지 않는 사람, 인정하지 않는 사람 앞에서는 어리석은 심리적 일탈이나 헛된 몽상에 지나지 않는다.

그 후 상현은 상희와 짧은 밀회를 가진다. 정진모의 주선으로 몰래 다시 만난 곳에서 상희는 상현에게 옛날의 추억을 회상하는 이야기를 하지만, 상현은 "오라버니"라고 부르는 상희의 낮은 목소리를 들으며 "아련한 기억"들이 모두 "촛불이 꺼져버린 어두운 방 안에 갇혀 버렸다"는 것을 느낀다.(233) 이것은 말 그대로 '암전'과 같이, 하나의 드라마가 끝나버리는 것을 의미한다. 공상과 광란과 희망이 모두 멈춘 채, 어둠이 그것들을 지워버린 것이다. 오직 남은 것은 현실 속에서 들려오는 소녀의 목소리뿐이지만 "간신히 그의 귓바퀴에 매달려 있"(233)는 그 목소리나, "상희야"라고 대답하는 상현의 목소리 모두 그저 무력할 뿐이다. 상현은 자기 자신을 억누르려고 방바닥을 짚은 왼손에 힘을 준다. "그 손이 바닥을 떠난다면 걷잡을 수 없는 광풍으로 빨려가야 했"(233)기 때문이었다. 그리고 결국 "대문을 세 번 두드리는 소리"(233)가 다시 현실로 돌아오라는 신호처럼 들려온 후, 만남은 그냥 그렇게 끝이 난다.

하창수의 전작 「수선화를 꺾다」나 그 외 다른 소설들에서도 드러난 바이지만, 예술가로 살아가는 삶과 현실은 어긋나게 된다. 이것은 거의 필연적인 일처럼 느껴질 정도다.

"어디선가 들려오는, 수선화의 꽃대궁이 부러지는 소리."가 읽는 사람에게 고통스럽게 느껴졌던 것처럼 『사랑을 그리다』에서도 화가 상현으로서의 삶과 그의 현실은 큰 간극으로 인하여 연민을 불러일으킨다. 이 소설 속 상현의 어머니나 정진모, 박호민 등이 연민을 보이는 것도 그것 때문이다. 그 후 상현이 중국으로 간 것은 더 이상 예전대로의 현실로 돌아가지 못할 것을 알기에 자신의 현실과 마주치지 않으려 타국으로 떠난 것으로 여겨진다.

박호민은 상현을 만나 귀국을 권하며, 상현이 그린 그림들을 보면서 이건 춘화가 아니라고 생각했다고 말한다. "아름답다는 건 뭘까?"라고 불쑥 던진 그의 질문에 상현은 대답하지 못한다.

상현은 혼자 남은 후에도 "아름답다는 건 무언가. 우리는 무엇을 아름답다 하는가."(257)라고 되묻는다. 많은 것들이 그의 눈앞을 스쳐 가다가, 결국 마지막에 상희가 달려오는 장면이 상상 속에서 떠오르게 된다. 그는 아무것도 없는 깊은 어둠 속으로 손을 내민다.

물론 언젠가 사라질 환상일 뿐일지라도, 그 안에 몰두해 있는 동안 우리는 아름다움을 느낀다. 남들이 이해하든, 이해하지 못하든 문제되지 않는다. 그것은 아름답고 난해하게, 침묵에 싸여 우리 앞에 놓여 있는 혼란이다.

등단 40년이 다 되어가는 하창수 소설가도 이를 마주한 적이 여러 번이었을 것이며, 때로는 "자유로이 날아갈 수 없는 매의 운명"(136)에 공감하며 횃대에 붙들린 느낌을 받았을 것이다. 그러나 횃대 위에 묶인 모습으로라도, 소설가는 먼 지평선과 아득한 허공을 하릴없이 바라볼 것이란 생각이 든다.

청색소설선 2

사랑을 그리다

하창수 장편소설

초판 1쇄 발행 2021년 5월 25일

지은이	하창수
펴낸이	김태형
펴낸곳	청색종이
등록	2015년 4월 23일 제374-2015-000043호
주소	서울시 영등포구 문래동2가 14-15
전화	010-4327-3810
팩스	02-6280-5813
이메일	theotherk@gmail.com

ⓒ 하창수, 2021

ISBN 979-11-89176-61-7 03810

값 13,000원